タゴール 死生の詩

【新版】

森本達雄 編訳

人間と歴史社

タゴール『死生の詩』新版に寄せて

今年二〇一一年は、インドの生んだ世界的大詩人《マハー・カヴィー》ラビンドラナート・タゴールの生誕一五〇周年にあたる。

思えば五十年前（一九六一年）、新生インド（一九四八年独立）は、「独立の父」マハートマ・ガンディーとともに「民族の師（グルデヴ）」の尊称で国民からひろく敬慕されていたタゴール生誕百年を、初代首相ネルーを名誉議長として国をあげて祝《ことほ》いだ。記念祭は同年一月一日から三日間、ボンベイ［現表記ムンバイ］で開催され、インド各州（各言語）を代表する詩人や作家、思想家、社会運動家ならびに、世界各国から招かれたタゴールゆかりの友人や研究者たちが一堂に会した。私もわが国の読書界に戦後ふたたびタゴールの名を思い出させる契機となったK・R・クリパラーニ（詩人の義孫で、インド国立文学院《サヒトヤ・アカデミー》の初代事務局長）の好著『ガンジー・タゴール・ネール』と題する小さな訳業が縁となって記念祭に参加するという生涯の僥倖を得た（戦時中のタゴール忘却期にも、山室静、宮本正清両先生訳のタゴールの詩集と論文集が出版されたことは忘れてはならない)。

当時の日本は、ようやく敗戦後の苦しい経済復興が端緒を開いたばかりで外貨の保有が乏しく——今日では考えられないだろうが——一般人が海外に出かけるなど、よほどの事由《こと》がなければパスポートの受給は困難だった。それだけに、私の初めてのインド旅行は、その後いくたびか繰り返した長期滞在や旅行とは違い、感慨は大きかった。とりわけ印象深かったのは、この夢のような三日間に、それまでインドやイギリスのタゴール研究書をとおして知識としてのみ知っていた、タゴール・ソングをじかに聴き、絵画作品を見ることができたことである。

タゴールは詩人・作家・思想家であるとともに、自作の詩にメロディーを付し、ときには歌詞と曲が同時にその口から流れ出る、今日で言うシンガー・ソング・ライターであり、また六十歳を過ぎて絵筆をとり、晩年の十数年間に二千五百点とも三千点ともいわれる幻想的な美しい絵を遺した。それを知ったフランスのある著名な閨秀詩人が、パリのピガル画廊で個展を開き、ヨーロッパの画壇でも高く評価されたと聞く(あるとき、私が亡き畏友矢内原伊作さんにタゴールの画集を見せたとき、哲学者で美術評論家でもあった同氏は「ムンクみたいだね」と言われたことは忘れられない)——なお、ついでながら、近年は日本各地で、現地でタゴールの歌や舞踊を学んだアーティストたちのすぐれたパフォーマンスが開かれるのを思うと、まさに隔世の感がある。

同じ年の秋に、ふたたびインド国立文学院主催の国際タゴール生誕百年祭がニューデリーで催されることになり、日本からは片山敏彦先生が招聘され、私も先生のお伴をして再度の訪印を楽しみにしていた。が、惜しくも先生は出発を前に逝去され、会議には、長年タゴールと交友のあった高良とみ先生が参加された。

ところでこの記念祭が後世に遺した最大の贈り物は、なんと言っても大判五〇三頁の『タゴール生誕百年祭記念の書』であろう。ここには、タゴールと親交の篤かった、あるいはタゴールを心から崇敬していた同時代のインドと世界各国の詩人や作家、思想家、宗教者、科学者から寄せられた論文・エッセイ・回想・讃頌が一巻にまとめられていた（日本からは、片山敏彦先生の『タゴールにささげる日本からの一つの頌讃』と題する美しい一文が贈られた）。

この書の一頁に、二〇世紀世界に「密林の聖者」としてひろく知られたアルバート・シュヴァイツァーの端正な筆跡の一文が見られる。文頭でシュヴァイツァーはタゴールを「インドのゲーテ」と呼びかけ、このように書いている――

「インドのゲーテ」タゴールは、これこそが「生の肯定（真理）」であるとの個人的体験を、彼以前のだれよりも深く、力強く、魅力的な手法で表現したのである。この完全なまでに高貴で諧和的な思想家は、［いまや］インドの国民だけではなく、人類に属している。

シュヴァイツァーがタゴールを「インドのゲーテ」と呼んだとき、それはたんに「ゲーテのような偉大な人間」とか「世界詩人」を意味する修辞表現《レトリック》ではなかった。神学・宗教学をはじめ、文明論・音楽研究（彼のバッハ研究はとりわけ有名である）など、多岐にわたる膨大な著作はさておき、私が年来ときとして繙くのは、「ゲーテ」と題する百頁たらずの彼の「講演集」である。

さらに言えば、講演中に引用されたゲーテの「無限なるものとは何か。どうしてあなたはその問題に頭を悩ますのか。あなた自身の内面《うち》を見たまえ。あなたの存在と魂《こころ》のなかに無限なるものがやどっていないとすれば、あなたはどうすることもできないのだ」という短詩を味読するためである。そしてこれを読むたびに、私は「有限なるものこそが真に無限なるものであり、愛こそがその真実を知っている」という、タゴール思想の核心を思い出す。

ここにおいて、東と西の二人の詩人の魂は、期せずして照応する。有限と無限、生と死はけっして相対立し反するものではなく、私たち有限なる人間のだれもが、有限なる生命（life）のなかに無限なる生命（Life）をやどしているのだと、詩人たちは言うのである。したがって、人が無限なる生命を求めるとすれば、いま生きている有限なる生命の外には、それは見つからないのではないか、とゲーテもタゴールも体験によって教えるのだ。

　私はすでにタゴールが生きた八十年の人生を超えて齢《よわい》八十二をかぞえようとしている。そして、若き日のある偶然で出会ったタゴールの存在と思想から、どんなにか生きる歓びを得、励まされ、慰められてきたことか。先年の胃癌の手術後、年々体力の衰えはいかんともしがたく、今年のタゴール生誕百五十年祭への参加はかなわぬこととして、それでもこの際あらためて私なりに感謝の意を表したいと切望していたところ、昨年、「人間と歴史社」社長の佐々木久夫氏から、新しいタゴール作品集を編んでみないかというお誘いをいただき、天与の仕事と喜んだ。しかしその後も日限付きの種々の仕事に追われ、気ばかり焦りつつ、いまだにその一冊の完成を見ぬままに時を過ごしてきた。

　そんなおり、先日、まさにタゴールの生誕の日を前にふたたび佐々木氏からお電話をいただき、十年近く前に同社から出していただいたタゴールの『死生の詩』が完売したので、新訳書の前に版を改めたいとお声をかけていただき、欣幸した。

本稿「新版に寄せて」は、タゴール生誕百五十周年への私の心からの頌辞である。この機会を与えてくれた佐々木氏と「人間と歴史社」に深甚の感謝の意を表したい。

森本達雄

二〇一一年五月七日

タゴール生誕百五十年の日に

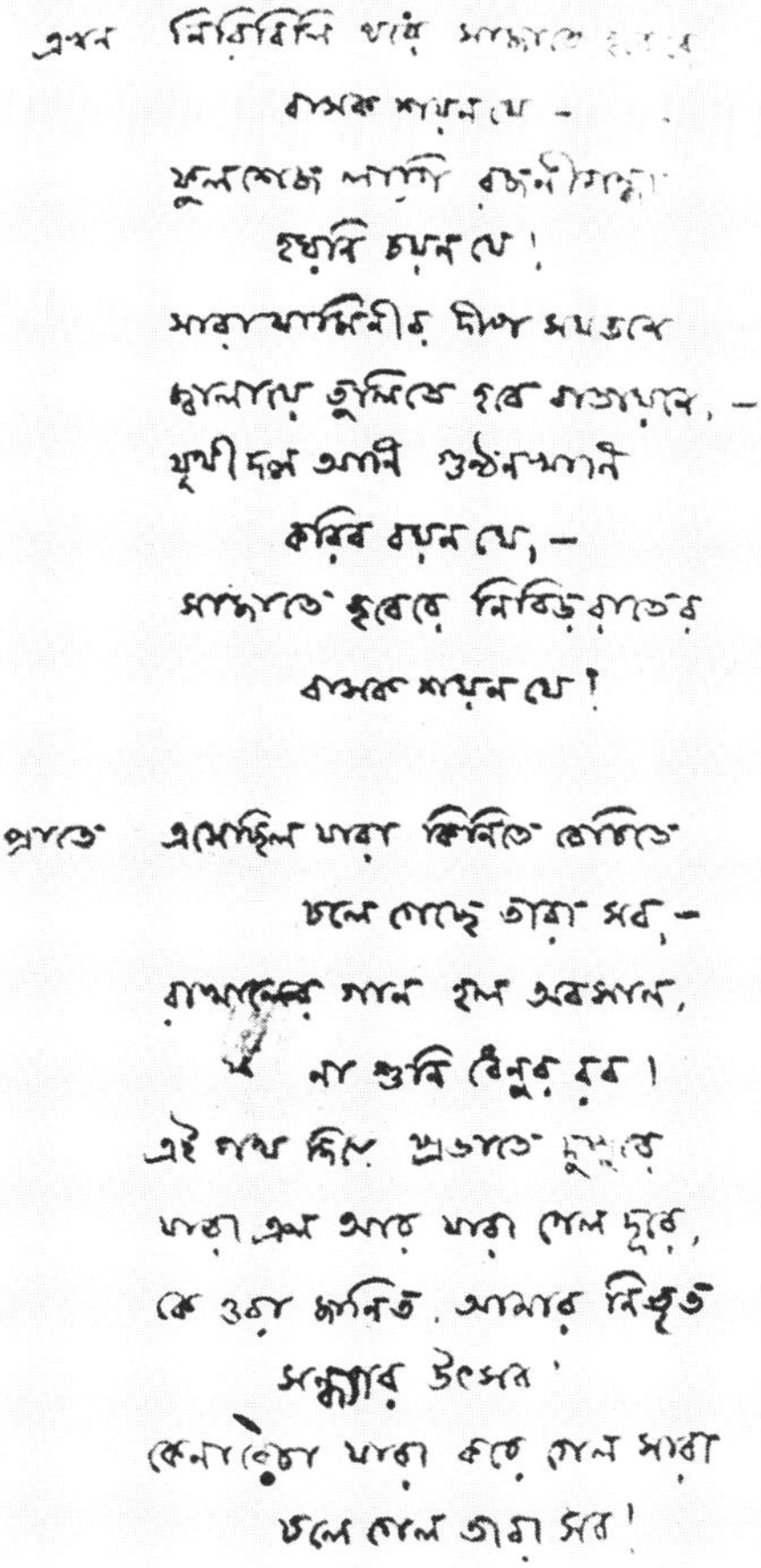

এখন নিরিবিলি ঘরে সাজাতে হবে
বাসর শয়ন যে –
ফুলশেজ লাগি রজনীগন্ধা
হয়নি চয়ন যে।
সারা যামিনীর দীপ সযতনে
জ্বালায়ে তুলিতে হবে বাতায়নে, –
যূথীদল আনি গুণ্ঠনখানি
করিব চয়ন যে, –
সাজাতে হবে নিবিড় রাতের
বাসর শয়ন যে।

প্রাতে এসেছিল যারা কিনিতে বেচিতে
চলে গেছে তারা সব, –
রাখালের গান হল অবসান,
না শুনি বেণুর রব।
এই পথ দিয়ে প্রভাতে দুপুরে
যারা এল আর যারা গেল দূরে,
কে তারা জানিত আমার নিভৃত
সন্ধ্যার উৎসব!
কেনাবেচা যারা করে গেল সারা
চলে গেল তারা সব!

タゴール　詩の草稿

上・右
タゴールの絵

左頁：タゴールと三女ミラ・デビ

タゴールとヴィクトリア・オカンポ夫人

タゴールの長女マドゥリロタ

日本滞在中のタゴール（1916 年）
右頁：作品の構想を練るタゴール　次頁：自室で手紙を読むタゴール

まえがき

死は生命《いのち》あるすべてのものに訪れる避けがたい終焉であり、厳然として抗《あらが》いがたい自然の法《のり》である。古来、この自明の法則からなんとか逃れる手だてはないものかと、権力の限り、財と知の限りを尽くした王や富者、知恵者たちがいたが、だれひとり肉体の不死を得た者はいなかった。そこで、不死を諦《あきら》めた人間は、せめて死の時期を少しでも先送りして、一分一秒でも長く地上に生きながらえることを願い、医学を発展させ、薬や食品の研究につとめてきた。今日その成果はめざましく、先進諸国、とりわけわが国では、年ごとに男女とも平均寿命をのばしている。もっとも一年や二年の延長など、なにほどのことはないと言う皮肉屋《アイロニスト》もいるが。

しかしいっぽう、このことはかならずしも死の不安や恐怖を解消・除去することにはつながらなかった。そればかりか、死を待つ時間の延長が、かえってそれらをつのらせるという皮肉な結果にもなっている。このことは、近年書店の棚に——大きな書店では特別コーナーまで設けられて——並ぶ、死生や老人問題をテーマとする夥しい数の出版物に明らかである。

死の恐怖とは、この世から自分という存在がなくなることへの実存的な脅迫観念であるとともに、死という未知なる世界にたいする言い知れぬ不安感であろう。たしかに、三途《さんず》の川を渡ろうとした瞬間、愛する者の必死の呼び声を聞いて生還したという、いわゆる臨死（または瀕死）体験者の証言はある。しかしそれらは、完全に川を渡りきって黄泉《よみ》の国とやらに行った死者の体験談とはいいがたい。たとえそれが、医師の死の告知のあとであったとしても、生き返ったということは、いまだ医学の判断のおよばぬ仮死状態にすぎず、意識の一時的な停止ではなかったかとの疑問が残る。疑い深い現代人の科学法廷では、体験者たちの目撃証言だけではなかなか満足してもらえず、万人に納得のいく普遍的な証拠とやらが求められる。したがって、有名な『死ぬ瞬間』（この本の各章の扉にタゴールの短い詩句が配されている）の著者であるアメリカの精神医学者E・キューブラー・ロスに代表される、医学者や心理学者たちの「死後生」についての科学的論議も、結局は信じるか、信じないかといった個人的な主観のレベルに帰することになる。いわば、ロスたちの努力は、「神話」を失った現代人にたいする新しい科学神話の提供にすぎないことになる。

ところで死についての「神話」といえば、死生を論じるほとんどの本に語られているヒンドゥーの死生観を思い出す。聖地ベナレス（原地名ヴァーナラシー）のガンジス河畔で死を待つヒンドゥーの老人たちの静かな諦観の面ざしは、西洋文明を信奉する現代人には、たしかに強烈なカルチャーショックである。死期を悟った信心深いヒンドゥー教徒たちは天国にいちばん近いとされるこの地で息をひきとり、遺灰を聖河に流してもらおうと、インド各地から集まってくる。彼らは静かに神々に祈りながら、またときには病苦に耐えながら、地上の最後の日々をここで過ごすのである。それは、体じゅうに管を差し込まれ、無益な延命措置を施されながら病院のベッドで死んでゆく、昨今の日本の多くの老人たちの痛ましい最期とは似ても似つかぬ自然な死、尊厳死である。この光景を見て、日本からの旅人たちは、修行を積んだ行者や賢人・哲人ならいざ知らず、無学な老人たちがどうしてあのように穏やかに従順に、死を受容できるのだろうか、どうして迫りくる死を恐れないのかと、不思議に思う。ここで彼らは、自分たちも観念的には知っている輪廻転生の思想が、ここではいまも生きた信仰・人生観として、一般庶民の心に息づいていることを、いまさらながらに痛感するのである。

　ヒンドゥーは、死のすべてを大いなる自然のめぐりと観じ、魂は肉体の死後も生きつづけ、絶対者ブラフマンと合一したのち、やがてふたたび、この世に生まれ変わることを信じて疑わない。そして自分は、少なくとも今生では神を信じ、人にも動物にも親切にし、あれこれの善行をつんできたのだから、来世ではきっと現世よりも幸多く生まれるにちがいない、そうした期待と信念を胸にいだいて死んでいくのである。したがって、魂のぬけた亡骸《なきがら》に、彼らはなんの未練ももたない。死体は空《から》の器にすぎないのであり、蛇のぬけがらのように不要である。こうしてヒンドゥーは、墓をつくらず、遺体は荼毘《だび》に付し、骨を砕いて灰とともに天国に通じる河に流す。ここでは、輪廻転生は、かならずしも部外者が批判するような、消極的・退嬰的な諦めではなく、むしろ来世に望みをつなぐ、一種の未来志向といえるかもしれない。

ほかにも世界には、——筆者は寡聞にして詳しくは知らないが——さまざまなユニークな死生観をもち、死の問題を集団的に克服している民族や部族も、けっして少なくはないと思われる。また個人的にも、信仰や思索、あるいは人生体験をとおして、死の問題に心の整理・決着をつけている人も多いことだろう。しかし、概して言えば、先に述べたように、二十一世紀の文明社会に生きるわれわれの多くは、科学（医学をも含めて）の恩恵に浴しながら、そのためにかえって、死の問題に思い悩み、不安と恐怖を増幅させているのである。

言うまでもなく、死生の問題は、何も今日に始まったものではない。それは、人間存在の永遠の謎であり、「神話」もまた、その解決の一つの方法であったにちがいない。この永遠の未解決の問題にたいして、人類最高の賢者たち、仏陀も孔子もキリストも、いちように死後のことを慮るよりも、現世をよく生きることを考えよ、と説いている。もちろん彼らは、死や死後生の問題に目を閉じて、世俗の欲望や幸福を追求せよと教えたのではない。仏陀が言ったように、考えれば考えるほど、形而上的な隘路にさまよいこむような、解決不能の問題のための無用の努力を払うことを戒めたのである。愛《まな》弟子の子路《しろ》が孔子に、死とはいかなるものかを問うたときの、師の「未《いま》だ生を知らず、いずくんぞ死を知らん」という言葉や、キリストの弟子の一人が、イエスに従う前に、「まず父を葬《ほおむ》りに行かせてください」と言ったときの、キリストの「死んでいる者たちに、自分たちの死者を葬らせなさい」といった一種突き放したような言葉は強烈で意味深い。

たしかに、人がよく生きるためには、死はなくてはならない終着点である。死と正面から向かい合ってこそ、人は残された時間をかけがえのない貴重なものと考え、残された生命を生ききろうと真摯に願い、励むのである。人間だれもが若き日の志や目標を達成できるとはかぎらない。むしろ、不運をかこちつつ歳を重ねてきた老人のほうが多いことだろう。しかし、残された人生の時間を、ただ後悔や遺恨のうちに忸怩《じくじ》として過ごすのは、あまりにも惨めであり、もったいない。死を前にして、物心ともに、できるだけ過去のしがらみや重荷をおろし、身軽に、すがすがしく生きたいものである。そして人生の最後の時間の一瞬一瞬を、成敗《せいはい》や勝ち負けとは無縁の、存在する歓び、生きる歓びにかがやきたいものである。そのとき、人の心を悩ませてきたつらく悲しい過去のいっさいの霧は霽《は》れ、霧のなかから晴々と一条の光明が射してくるにちがいない。

かく言う私自身、寄る年波の体力の衰えを痛感しながら、死にたいしてどれほど心の準備ができているか、はなはだ心もとない。また晩年のヒンドゥー教徒のあこがれる、世俗のいっさいを放棄して死を受容し、解脱を求める、いわゆる林住・遊行期的な暮らしを羨望しつつ、いまだに家住期の生活*をつづけるていたらくである。そんな私——そんな私なればこそ、と言うべきかもしれない——の心に、いま「人生の秋」を生きることに無常の歓びと希望、感謝を感じさせてくれるのは、インドの詩人ラビンドラナート・タゴール（B［以下、原地ベンガル語の音写］は、ロビンドロナト・タクルに近い）の晩年の死生をテーマにした作品である。

人が体験的に死に向かい合う直接の動機は二つあると思われる。すなわち一つは、愛する者、身近な者を亡《うしな》うという、死別の悲しみの体験であり、もう一つは、自らが年老い、あるいは病をえて、迫りくる死の足音に、逝く日の近いことを予感するときであろう。

本書第一部「死生を超えて」は、タゴールのノーベル賞受賞対象作品『ギタンジャリ』から二十篇を選んだもので、それらは、二十世紀初頭の十年間に四十歳代のタゴールが、妻と二人の子どもと、父を相ついで亡くすという人生最大の不幸に見舞われたときの、悲しみのうちにも凛として死に対峙した、主として死生をテーマにした一連の作品である。ある高名な詩人は、これらの詩を世界文学史上、死をテーマにした最高傑作と評し、バッハのカンタータと対比している。なお、それぞれの作品に、いくらか内容をも論じた註釈をほどこしたが、それらはあくまでも訳者の詩との対話の一端にすぎず、いわゆる教室の「模範解答」とはいいがたい。鑑賞のご参考に供するものである。

第二部「人生の旅の終わりに」に収めた『病床にて(抄)』と『恢復期』『最後のうた』は、一九四〇年九月、七十九歳のタゴールがヒマラヤ高原の町カリンポン滞在中に

＊上位三カーストのヒンドゥーは、理想的な生き方として、人生を四つのアーシュラマ(住期・段階)に分ける。すなわち第一期は、師のもとで『ヴェーダ』聖典を学習する学生期であり、第二期は、結婚して家庭をもち、子をもうけ、社会人として活躍しながら神と祖霊を祀る家住期、つぎの第三期は、頭に白髪をいただくようになると、家督を息子に譲り、世俗を離れ、森に隠棲して修行する林住期であり、第四期は、いよいよ最終的に解脱を求めて放浪する遊行期である。

意識を失って倒れてから、翌四一年八月七日に享年八十歳で逝くまでの、十一カ月間に自らペンをとり、あるいは口述した、文字通りの「白鳥の歌」である。タゴールほど深く世界と人生を愛し、生きる歓びを最後の一滴まで味わいつくした人はいない。そして彼は、最後の一瞬まで生きることを愛し、生きようと願ったがゆえに、静かにやさしく死を受容できたのである。

　彼はうたった――「そしてわたしは、この生を愛するがゆえに　死をもまた愛するだろうことを知っている。幼な児は、母に右の乳房から離されると　泣き叫ぶが、次の瞬間、左の乳房をふくませてもらって　安らぎを見出す」と。生と死は、人間の大いなる生命の二つの顔だというのである。

　本書『ギタンジャリ（抄）』と『病床にて（抄）』の作品ナンバーは、それぞれ通し番号とし、原詩のナンバーを併記した。巻末「あとがき――詩集解題に代えて」では、参照の便を考え、本書の通しナンバーに従った。

なお、『ギタンジャリ（抄）』は、第三文明社「レグルス文庫」版から、また『病床にて（抄）』並びに『最後のうた』は同社版『タゴール著作集第二巻　詩集Ⅱ』より再録したものである。転載をご諒解くださった第三文明社に心から謝辞を表したい。

『恢復期』は、今回あらためて全訳をこころみた。翻訳は『病床にて（抄）』『最後のうた（全訳）』ともに、タゴール国際大学（Viśva-Bhāratī）版のベンガル語版『タゴール全集（Rabīndra-Racānabalī）』を底本とした。

本書の企画と出版にあっては、「人間と歴史社」代表取締役の佐々木久夫氏に大変お世話になった。心からお礼を申し上げたい。また、原稿の整理・校正にあたっては、同社編集部の鯨井教子さんから熱意ある御協力をいただいたことを記し、感謝の意を表したい。

森本達雄

二〇〇二年十月十八日

第一部

死生を超えて

『ギタンジャリ』より

前頁：晩年のタゴール（1940）

【一】（四）

わが生命の主なる生命よ、わたしはつねにわが身を清くしておくよう　つとめましょう——おんみの御《み》手が　活き活きと　わたしの五体の隅々にまで触れるのを知っているからです。

わたしはつねに　わたしの想念《おもい》から　いっさいの虚偽を遠ざけるよう　つとめましょう——おんみこそは　わたしの心に理性の灯《ひ》をともしてくれた　真理そのものであることを知っているからです。

わたしはつねに　わたしの心から　いっさいの悪意を追い払い、わたしの愛を花咲かせておくよう　つとめましょう——わたしのこころの内なる聖堂《みや》に　おんみがいますのを知っているからです。

そして、わたしのもろもろの行為のうちに　おんみを顕《あら》わすことを　わたしのつとめといたしましょう——わたしに行動する能力《ちから》をさずけてくれるのは　おんみの威力《ちから》であることを知っているからです。

タゴールは「この広大な宇宙にみなぎり、宇宙を統《す》べる同じ精神が、彼の内部《うち》にもやどり、彼の生《いのち》と才能を導いてくれている」（K・クリパラーニ）と信じ、その精神をいっそう身近なものとして感じるとき、それをジボン・デボタ（生命の主＝生命神）と名づけ、「わが生命の主なる生命」と呼びかけたのである。

なお、この詩の各連のテーマは肉体・知性・心・行為であり、伝統的なインドの知識の道《ジュニャーナ・マルガ》、信愛の道《バクティ・マルガ》、行為の道《カルマ・マルガ》に照応する。

【二】（二一）

わたしは　舟を漕ぎ出さなければならない。ああ、岸辺では　もの憂い時が過ぎてゆく。
春は花を咲かせて　去って行った。そしていま　色あせたむだ花をかかえこんで
わたしは　行きつもどりつ　待っている。
波は騒ぎ立ち、岸辺の木陰の径《こみち》では　枯れ葉が　ひらひら　舞い落ちてゆく。
なんという虚《むな》しい空間を　おまえは見つめているのか！　彼方の岸から流れてくる

遥かな歌の旋律で　大気をふるわせながら　一つの慄《おのの》きが通り過ぎてゆくのを　おまえは感じないのか？

詩人は向こう岸（彼岸）へ漕ぎ出したいと願いながら、いたずらに物憂い時が過ぎてゆく。いつしか春は花を咲かせて過ぎ去り、夏の暑さで花は色あせ、枯れ葉が散る（インドでは、夏に樹々が葉を落とす）。そんな虚しい空間を見つめていると、遥か彼方の岸から、一つの旋律が聞こえてくるように感じられる。言うまでもなく、大気をふるわせながら通り過ぎてゆく一つの慄きは、聖なるものからの呼びかけであり、待つものへの恩寵である。

【三】（三六）

わが主よ、これがおんみに献《ささ》げるわたしの祈り――願わくは、わたしの心の貧しさの根源を　打って打って　打ちすえたまえ。
願わくは、喜びにも悲しみにも　かるがると　耐え忍ぶ力を与えたまえ。

願わくは、わたしの愛を　奉仕において　実らせる力を与えたまえ。

願わくは、貧しい人びとを拒むことなく、傲慢《ごうまん》な権力の前にも　膝を屈することのない力を与えたまえ。

願わくは、わたしの心を　日常の無益なことどもから　超然《ちょうぜん》と孤高《ここう》に保つ力を与えたまえ。

そして願わくは、わたしの力を　愛をこめて　おんみの御意志《みこころ》のままに従う力を与えたまえ。

✤

戦いの道は険しく、苦しい。そのため、ややもすれば、貧困なる心が頭をもたげ、生活は易きに流れ、権力者の前に膝を屈したくなる。そんなとき、詩人は同志や民衆とともに祈るのである——「願わくは、わたしの心の貧しさの根源を、打って打って打ちすえたまえ」と。これは、愛国歌の系列に属するとともに、きびしい「サーダナ（生の成就）」への修道の歌でもある。

【四】（四六）

どんなに遠い昔から　あなたは　わたしに逢いに近づいて来るのか、わたしにはわからない。あなたの太陽や星たちも　わたしの目から　いつまでもあなたを隠しておくことはできない。

めぐりくる朝な夕なに、あなたの足音が聞こえ、あなたの使者が　わたしの心のなかにやって来て、ひそかに　わたしに呼びかけた。

なぜに　今日　わたしの生命は騒ぎ立ち、わななく歓びの感情《おもい》が　わたしの心をつらぬいてゆくのだろう。

いま　仕事を終える秋《とき》が来たかのようだ、そして　あなたの芳《かんば》しい存在の仄《ほの》かな薫りをわたしは大気のなかに感じとっている。

遙かな彼方からのあなたの来訪の足音を、使者のひそかな呼びかけを、なぜか今日、詩人はいっそうはっきりと意識し、あのかたの存在の甘美な薫りを大気のなかに感じとるがゆえに、生命は騒ぎ立ち、心は歓びにみたされる。そして詩人は思う――いまはもう、世俗の仕事を終えて、あなたの御許《みもと》に行く秋《とき》が来た、と。

【五】 （六三）

おんみはわたしを　わたしの知らなかった友らに　ひきあわせてくれました。おんみは　わたしの家でないところに　わたしの席をもうけてくれました。おんみは　遠くの人たちを近づけ、見知らぬ人を兄弟にしてくれました。

住みなれた家郷を去らなければならないとき、わたしの心は不安におののきます。そんなとき、新しいもののなかに　古いものがやどっていることを、そこにもまたおんみが住んでいることを　わたしは忘れているのです。

生と死を経めぐり、この世でも　あの世でも、おんみがみちびきたもういずこでも、歓喜《よろこび》の絆で　いつも　わたしの心を未知なる人たちに結びつけてくれるのは　おんみです――わたしの果てしない生命のただ一人の道づれ、恒《つね》に変わることなきおんみです。

人、おんみを知るとき、ひとりとして異邦人はなく、ひとつとして閉ざされた扉はありません。おお、わたしの祈りをききとどけてください——多くの人たちとの触れ合いのなかで　一《い》つなるものに触れる至福を見失うことがありませんように。

タゴール思想のライト・モチーフから直接流出した、『詩集』中とくに注目すべき作品の一つ。タゴールはインドの伝統的なヴェーダーンタ哲学の流れをくむ〈一《いっ》は多であり、多は一に帰還する〉との思想を体験的に心に発展させてきた。そしてそれを、たんに抽象的・哲学的な理論としてではなく、彼の人生観の根底に据えて、世界と人類に対峙した。この世界を神の愛の表出とみなす、仏教のいわゆる「草木国土悉皆成仏《そうもくこくどしつかいじょうぶつ》」を信じ、人間一人びとりの魂にアートマン（真我）が、すなわち宇宙的な真実であるブラフマンがやどっていると観ずるとき、世界の多民族に見られる肌色や言語や習慣の違いも、たんなる表現の「多」にすぎず、そうした相違の奥に内在する「一《いっ》」なる中心において、世界の人びとは出会い、結びつかなければならない、とタゴールは考えていた。ここにおいて彼は、「おんみは　わたしの家でないところに　わたしの家をもうけ……遠くの人たちを近づけ、見知らぬ人を兄弟にしてくれました」とうたうことができたのである。そして「人、おんみを知るとき、一人として異邦人はなく、一つとして閉ざされた扉はありません」という、広大なヒューマニズム精神に到達したのである。タゴールのヒューマニズムは、西洋近代合理主義からひきだされた、いわゆる科学的ヒューマニズムよりはるかに高次元の、人間の精神の中心的な一如《ユニティ》にもとづく宗教的ヒューマニズムであった。

【六】（六九）

昼となく夜となく　わたしの血管をながれる同じ生命《いのち》の流れが、世界をつらぬいてながれ、律動的《リズミカル》に鼓動をうちながら　躍動している。
その同じ生命が　大地の塵のなかをかけめぐり、無数の草の葉のなかに歓びとなって萌《も》え出で、木の葉や花々のざわめく波となってくだける。
その同じ生命が　生と死の海の揺籠《ゆりかご》のなかで、潮の満ち干につれて　ゆられている。
この生命の世界に触れると　わたしの手足は輝きわたるかに思われる。そして、いまこの刹那《せつな》にも、幾世代の生命の鼓動が　わたしの血のなかに脈打っているという思いから、わたしの誇りは湧きおこる。

『詩集』中、いやタゴールの全詩のなかでも、いちど読めば忘れがたい鮮烈な印象の作品である。それはこの詩において、「昼となく夜となく　わたしの血管をながれる同じ生命の流れ」が、自然界の隅々にもつらぬき、生死を経めぐり、過去から現在・未来へと脈々と流れてゆくのだとの、有限なる生命と〈大いなる生命〉との一体感の歓びが、詩人の実感の鼓動のままに、律動的《リズミカル》にうたわれているからであろう。

❦

【七】（七三）

解脱《げだつ》は　わたしにとって　現実放棄のなかにはありません。わたしは　歓びの無数の絆のなかにこそ　自由の抱擁を感じます。
あなたはつねに　さまざまな色と香りの新鮮なあなたの酒を　わたしのために注いでくれる――この土の盃に溢れんばかりになみなみと。
わたしの世界は　幾百というそれぞれ異なる燈明に　あなたの焔で灯《ひ》をともし、それをあなたの寺院の祭壇の前に　ささげるでしょう。

いや、わたしは　わたしの感覚の扉を　けっして閉ざしはしません。見る喜び、聞く喜び、触れる喜びのそれぞれが、あなたの歓喜をとどけてくれることでしょう。
そうです、わたしのすべての幻想は　歓喜の照明となって燃えあがり、わたしの欲望は残らず熟《う》れて　愛の果実となりましょう。

詩人独自のマーヤー観を、豊かな感性をもってみごとにうたいあげた詩で、タゴールの世界・宗教思想を論じるにあたって、しばしば批評家たちから引き合いに出されてきた注目すべき作品である。古来インドでは、業《ごう》の束縛から解脱《げだつ》するために、情欲や所有欲など、いっさいの人間的な欲望を制御する苦行が尊ばれてきたが、そうした苦行主義は、行者《サードウ》たちのあいだで、しだいに苦行そのものを目的とする極端な非人間的難行へとエスカレートする傾向があった。これにたいして、神への絶対的な信愛《バクティ》によって救われると説くヴァイシュナヴァ派の熱烈信仰が、民衆のあいだに根強いひろがりを見せていたのは、うなずける。両者の違いの拠ってきたるところは、現実世界をどう見るかという、マーヤー観の相違に起因していたと言えよう。すなわち前者が、世界を幻影・迷妄とみなし、これを否定することを解脱への出発点としたのにたいし、後者は、マーヤーを無限なるものの表出とみなし、ひたすら神を信じ愛することによって、この世にあって神との合一の歓びに到達できると説いた。

この詩では、タゴールの思想形成への、こうしたヴァイシュナヴァ信仰の影響を明らかに読みとることができる。タゴールはさらに、塵界にあって世俗を超越し、神への信愛を、同時に人間社会にも実現することを願ったのである。冒頭の「解脱は　わたしにとって……」という詩句は、言わば、タゴールの世界肯定の高らかな宣言である。しかも、骨の髄まで詩人であり芸術家であった。タゴールは、世俗を超克するためにも、けっして感覚の扉を閉ざすことなく、むしろ積極的に見、聞き、触れる歓びをとおして、解脱を求めるのである。

【八】（七四）

日は　はや　暮れ、陰が　大地をおおう。川に行き、瓶《かめ》に水を汲む時刻《とき》です。
夕べの大気は　流れのもの悲しい音楽《しらべ》に　じっと聴き入っている――ああ、それは
わたしを黄昏《たそがれ》のなかへ誘います。寂しい小道に　人影はなく、風は立ち、漣《さざなみ》が川面に

さわぐ。
わたしには　自分が家へ帰るのか、誰にめぐり逢うのかもわかりません。向こうの
渡し場の　小舟のなかで、見知らぬ人が　竪琴《リュート》を奏でています。

『詩集』の永遠のテーマの一つである「死」を、予感としてうたった最初の詩である。たしかに人は、あまりにも静かな心みちたりた瞬間に、ふと死を思い、死を願いさえするものである。ここでは、死にまつわる恐怖や悲嘆はみじんもない。むしろ、彼方の岸から流れてくる見知らぬ人の奏でる竪琴の呼びかけに魅せられて、じっと聴き入る詩人の心のときめきが、読む者の心に不思議な安らぎを与える。それにしても、彼岸の渡し場に繋がれた小舟のなかで、見知らぬ老人が竪琴を奏で、此岸の寂しい小道で、水瓶をかかえた女が思わず立ち止まって、夕べの大気のなかを流れるもの悲しい音楽《しらべ》にじっと聴き入っているという情景は、中国宋代の神韻縹渺《しんいんひょうびょう》とした一幅の水墨画を見るように美しい。たぶんインドの人びとは、この情景に、ヤムナ川のほとりで愛人クリシュナの吹く笛の音に聞き入るラーダーの姿を重ね合わせることだろう。

言うまでもなく、「日は　はや　暮れ」は、歳を重ねた詩人の境涯の象徴であり、水汲みに行く女は詩人自身である。また、「向こうの渡し場」は、タゴールの詩ではしばしば「彼岸」を意味し、「川」は彼岸と此岸のあいだに横たわる生死の境界線である。

【九】（八六）

おんみの僕《しもべ》である死が、わたしの戸口にやって来た。使者は　見知らぬ海を越え、おんみのお召しを　わたしのもとにたずさえた。

夜は暗く、わたしの心は　おびえている――それでもわたしは　灯火《あかり》を手に　門を開き、うやうやしく使者を迎えよう。わたしの戸口に立っているのは、おんみの使者だ。

わたしは　合掌して　涙ながらに　使者を礼拝しよう。わたしの心の宝*を、その足もとにささげて　礼拝しよう。

使者は　役目をはたすと、わたしの朝に暗い影を残して帰って行くだろう。そして、

侘《わび》しいわが家には、ただよるべないわたしの自我だけが　おんみへの最後の献げ物と
してとり残されることだろう。

つぎにつづく『詩集』の最後の重要なテーマである「死」の詩《うた》の序詞である。
神の僕《しもべ》である死が、見知らぬ海を越えて、おんみのお召しをたずさえてやって来る。夜は暗く、わたしの心は恐怖におびえている。それでもわたしは、威儀を正して使者を迎え、わたしの心の宝をささげて使者を礼拝しよう。こうして使者が去ったあと、わが家には、よるべない自我だけがおんみへの最後の献げ物として残されるだろう。すなわち人は死に、タゴールの場合、肉体の生命と知的・精神的な宝のすべて（とくに、心の宝と言ったのは、タゴールの場合、「自分の詩のすべて」という意味からであろう）*をささげるときも、ラーダークリシュナン博士の言うように、「死において、有限なる自我の存在そのものは消滅する」（『タゴールの哲学』八九頁）だけである。無限なるものにつうじる自我、すなわち魂のうちなるアートマンは、その本源である宇宙霊への直接の献げ物として、おんみのもとに還ってゆくだろう、とタゴールはうたうのである。

【一〇】（八七）

絶望のうちにも一縷《いちる》の期待にかられて　わたしは　家の隅々まで　彼女を捜し求めるが、彼女の姿は見つからない。

わたしの家は小さく、ひとたび　この家から失せたものは　二度と帰ってくることはできません。

しかし、主よ、おんみの館《やかた》は無限です、そしてわたしは　彼女を捜し求めて、おんみの戸口まで来てしまった。

わたしは　おんみの夕空の金色の天蓋《てんがい》の下に立って、熱望のまなざしで　おんみの顔を仰ぎます。

わたしは　なにひとつ消え失せることのない　永遠の岸辺にたどりついた——希望も、幸福も、涙ながらに見たある一つの顔の面影も、ここから消えることはありません。

おお、わたしの虚《うつ》ろな生命を　あの大海《おおうみ》に浸してください、深い豊饒の海の底に沈めてください。いまいちど、あの失われた甘やかな感触を　全一の世界のなかで感じさせてください。

ベンガル語の原詩は、妻ムリナリニの死後まもないベンガル暦一三〇九年ポウシュ月（西暦一九〇二年十二月半ば）の作で、妻への想い出にささげた詩集『追憶』（一九〇三年）に収められている。詩人は愛する亡き妻を、必死になって家中くまなく捜し求めるが、ついにこの家（地上）から失せたものは二度と帰ってこないことを知り、亡き妻の魂をたずねて、おんみの館の戸口まで来てしまう。そしてそこで、おんみの顔を仰ぎ、永遠の岸辺に立ったとき、地上で失ったすべてのもの――失った希望も、幸福も、涙ながらに見たあるときの一つの顔の面影までもが、なにひとつ消え失せることなく存在しているのを見るのである。

言うまでもなく、この詩は亡き妻への烈しい恋慕の思いをうたったものであるが、同時に「彼女」は、人間の肉体を離れた魂の象徴であり、大いなる世界霊への人間の魂の回帰のあこがれの歌でもある。この不死なる魂への確信から、詩人は最後に訴えるのである――この虚ろな生命を、生死の根源である大海に浸してください、そして、妻との失われた甘やかな感触を、生死を超えた全一の世界のなかで感じさせてください、と。四十歳という男盛りに妻を亡くしたタゴールが余生の四十年間を独り身で過ごしたのは、かならずしも彼の潔癖な性格や倫理観

（ヒンドゥー教は再婚を禁じてはいない）のためではなかったのではないか。そういうことであれば彼の後半生の詩は、あれほどみずみずしい感性をもってうたわれることはできなかったであろう。タゴールは生涯、生死の境のない全一の世界のなかで、妻を愛し、妻とともに生きたのであろう。

【一一】（九〇）

死がおまえの戸口を叩く日に、おまえは　何をささげるつもりか？
おお、わたしは　なみなみとわたしの生命をたたえた盃を　客人の前にさしだそう
――けっして　素手では客人を帰しはすまい。
秋の日　夏の夜をかけて　わたしがつくった美酒のすべてを、あくせく働きつづけたわたしの人生の　収穫と蓄積のすべてを、わたしは　客人の前にさしだそう――死が　わたしの戸口を叩く人生の終焉の日に。

以下『詩集』の最後をかざる「死」をテーマにした一連の作品は、まさに、生と死――それはまた「人間の魂」と「神」の象徴でもある――が、互いに他を呼び合う「白鳥の歌」の荘厳な二重唱であり、「死」をうたった世界の詩文学の最高傑作と言われている。

ある人はこれらの詩を読んで、死を予感した最晩年のモーツァルトの、この世のものとも思えぬ清澄な安らぎの歌「アヴェ・ヴェールム・コルプス」を、またある人は、ベートーヴェンの最後の絃楽四重奏曲一三五番・第三楽章の魂の深淵から立ちのぼるような静かな諦めと平安を思いうかべることだろう。さらにある人は、カザルスの弾くカタロニア民謡「鳥の歌」の、悲しいばかりに澄み切ったチェロの敬虔な音色を連想するかもしれない。

ここでは詩人は、もはや詩〔九〕のときのように、「おびえる」心で死を迎えるのではない。死をたいせつな客人として迎え、生涯をかけてつくった生命の美酒をなみなみと注いだ盃を、彼の前にさしだすのである。

【一一】（九一）

おお、死よ、わたしの死よ、生を最後に完成させるものよ、来ておくれ、わたしに囁《ささや》きかけておくれ!

来る日も　来る日も、わたしは　おまえを待ちうけてきた——おまえのために　人生の喜びにも痛みにも　わたしは　じっと耐えてきた。

わたしの存在　所有　望み　愛——すべてが、秘《ひそ》かな深みで　たえずおまえに向かって流れていた。最後に　ひとたびおまえが目くばせすれば、わたしの生命は　永遠におまえのものになるだろう。

花は編まれ、花婿を迎える花環の用意もととのった。結婚式がすめば、花嫁は自分の家をあとにして、夜の静寂《しじま》に　ただひとり　夫のもとに嫁ぐだろう。

詩人は初めに、死は生を最後に完成させるものだと言明する。たしかに、死がなければ、人生はいつまでたっても未完成のままであろう。よくよく考えると、わたしたちの存在も、所有も、望みも、愛も——人生のすべてのいとなみは、その深みにおいて、刻々と死という永遠の大海に向かって流れてゆくのである。そして人は、来る日も来る日も、花嫁のようにいそいそと、夫のもとに嫁ぐ日を待っているのである。訳者の敬愛する詩人・片山敏彦先生は、そのすぐれた「タゴール論」のなかで、「この（詩）中の花嫁が〈人間の魂〉であり、花婿が〈神〉であるのは十字架のヨハネの詩のばあいに似ている」（『片山敏彦著作集〈第四巻〉＝橄欖《かんらん》のそよぎ』みすず書房、二七九頁）と書いておられるが、花嫁が最終的に夫のもとに嫁いでゆく結婚式——それがすなわち死である。また、高名な臨床医であると同時に、敬虔な信仰者・思索の人でもある日野原重明先生は、多くの人の死を見つめてこられた得がたい体験から、この詩（拙訳）についてつぎのような貴重なコメントをされている。いくらか長文にわたるが、引用させていただきたい。

「タゴールは、また別のところで、死についてこのような詩をうたっています。『おお、死よ、私の死よ、生を最後に完成させるものよ。』生を最後に完成させるものが死だというのです。これは、ハイデッガー（一八八九—一九七六年）などの思想と共通のものです。死は、われわれの最後の生き方だとハイデッガーは述べています。その最後の生き方をわれわれが舞台上で演技する機会はすべての人に平等に与えられています。人間の生涯のなかの死という最大の事件がこの生を最後に完成させる機会ともなるのです。

『……生を最後に完成させるものよ、来ておくれ、わたしに囁《ささや》きかけておくれ！
来る日も　来る日も、わたしは　おまえを待ちうけてきた――おまえのために
人生の喜びにも痛みにも　わたしは　じっと耐えてきた。』

死というものを本当に自分でつかもうと努力して、この人はその死から生をみて、真摯に生きられた。私たちが本当に生きるためには、死をもっと見つめなければなりません。死をつかまなければなりません。そして、その視点に立って私たちは若い日も、中年期も、あるいは老年期をも生きなければなりません。そのような視点から生きる生き方を、タゴールから教わりたいのであります。

『わたしの存在　所有　望み　愛――すべてが、秘《ひそ》かな深みで　たえずおまえに
向かって流れていた。最後に　ひとたびおまえが目くばせすれば、わたしの生命
は　永遠におまえのものになるだろう。』

　おまえというのは目に見えない力のことで、それをタゴールは捉えています。目くばせをするということで、私の心臓はコトッと止まるであろうというわけです。私の命は永遠におまえのものになるであろう。ぜひ読んでいただきたいと思うすばらしい詩です。」

（日野原重明『命をみつめて』岩波書店、一五二～三頁）

【一三】（九二）

わたしは知っている――いつの日か　地上のものが見えなくなり、生命《いのち》が　わたしの目に最後の帷《とばり》をおろして、静かに　立ち去る日が来るだろうことを。

それでも、星々は　夜どおしまたたき、朝は　変わることなく　明けそめるだろう。そして時は　海の浪のように高まり、喜びや苦しみを打ち上げるだろう。

わたしの時間のこの終焉を思うとき、刻々にきざまれる瞬間の仕切りは破れる、そして死の光にすかして　巧《たく》まぬ財宝にみちたおんみの世界を　わたしは見る。そこでは　どんな賤《まず》しい座も　すばらしく、どんな卑しい生命も　尊い。

わたしが求めて得られなかったものも、得たものも――みんな　消え去るがいい。ただ、わたしがかつて　退けたもの、見のがしてきたものを　まこと　この手に持たせてください。

死によって地上の生命の日は終わるが、星々のまたたき、日ごとに明ける朝など、自然のいとなみは変ることなく、営々としてつづいている。そうした永遠の時間のなかで、人間の時間の終焉を考えると、いっさいの価値観は根底からくつがえされる。死の光にすかして神の財宝を見れば、地上のどんな賤しい物たちの座もすばらしく、卑しい生命も尊い。たぶん、朝日にかがやく一粒の露が、どんな高価なダイヤモンドより美しいと思うのは、このときであろう。いまや世俗の利害によって追求したものなど、どうでもいい。欲心によって見失ってきたもっとたいせつなものを、この手にとりもどしたいと、詩人は願うのである。

【一四】（九三）

いざ　別れのときが来た、さようなら、兄弟たちよ！　君たちみんなにおじぎをして　わたしは旅に出かけよう。
ここに　わたしの扉の鍵をお返ししよう――こうしてわたしは　家の権利をことごとく放棄する。いまは　君たちの口から　最後のやさしい言葉だけが聞きたい。
わたしたちは　永いあいだ隣人だったが、わたしは　自分が与えることができたものより、多くのものを受けとってきた。いま、夜が明けて、部屋の暗い片隅をてらしていた灯《ひ》は消えた。お召しが来たのだ、そして　わたしは旅仕度をととのえて待っている。

【一五】（九四）

いよいよ別れのときが来た。いまはもうなにひとつ思い残すことなく、家（この世）の権利のいっさいを放棄して、兄弟たち（彼はいま、世のすべての人を〈兄弟たち〉と呼べるのである）に心から挨拶をして旅立とう。彼にはもう、人生への未練も、遺恨も、悔悟すらもない。なぜなら、「わたしは　自分が与えることができたものより、多くのものを受けとってきた」との感謝の思いで、心みたされているからである。それゆえ彼が兄弟たちに望むのは、「最後のやさしい言葉だけ」である。もし死を目前にした人が、病床でその一生をふりかえり、自分が他人に与えることができたものより、他人からより多くを受けてきたことに思い至るなら、そして生きている者たちが彼の枕辺で、心から最後のやさしい言葉をかけてあげられるなら、人はみなどんなにか安らかな、幸福な死を迎えることができることか！

いま　旅立ちのときに、友らよ、幸運を祈っておくれ！　空は　曙光にかがやきわたり、わが行く手は　美しい。
彼方へ　何をたずさえて行くのかと、たずねてはくださるな。わたしは　なにひとつ手には持たないが、期待に心はずませて　旅路にのぼる。
わたしは　結婚式の花環を頸にかけて行こう、わたしが身につけるのは　赤茶けた旅衣ではない。*そして、行く道に危険があろうとも、わたしは　心に　怖れをもたない。
わたしの旅が終わるとき、宵の明星がかがやきだすだろう。そして、夕べの唄のもの悲しい調べが　王さまの門から　流れてくるだろう。

死の旅立ちには、この世のいっさいの所有物は無用である。ただ心は、おんみのもとに行けるとの希望と期待にふるえている。詩人は生涯、非人間的な苦行や禁欲をよしとはせず、ひたすら神を愛し信じる、仏教のいわゆる、「在家の信者」として生きてきた。それゆえ彼は、サンニャーシン（苦行者・遊行僧）のような赤茶けた衣（実際には橙色《だいだい》、またはサフラン色）ではなく、結婚式に向かう花嫁のように、頸に花環をかけて召されて行きたいと願う。サンニャーシンの衣は、インドでは、行くところどこでも旅の安全を保証された、いわば一種の通行手形のようなものである。*それゆえこの「行く手に危険があろうとも……」という詩句によって詩人は、在家の信者の信仰の道のほうが、僧たちのそれよりむしろ険しく、厳しいことを暗示する。それなればこそ、旅が終わるとき、空には宵の明星がかがやき、夕べの美しい音楽《しらべ》が彼を迎えてくれるのである。

一般に人は、死は別離の、結婚は結合のイメージをいだくが、タゴールはここで、死によって愛する夫のもとに嫁いでゆくというパラドクシカルなイメージを用いていることに注目されたい。

【一六】（九五）

生の敷居をまたいで　はじめて　この世を訪れたとき、わたしは　なにも知らなかった。

真夜中の森の一つの蕾のように、わたしを　この広大な神秘の懐《ふところ》へと花咲かせてく

れたのは　どんな力であったのか！

朝になって　光を仰ぎ見たとき、たちまち　わたしは気がついた――わたしは　よそものとして　この世に来たのではないことを――名もなく形もない不思議なかたがわたしの母の姿となって　その腕にわたしを抱きあげてくれたことを。

同じように、死してもまた、同じ未知なるかたが　古いなじみのように　わたしの前に姿を現すことだろう。そしてわたしは、この生を愛するゆえに　死をもまた愛するだろうことを知っている。

幼な児は、母に右の乳房から引き離されると　泣き叫ぶが、次の瞬間、左の乳房をふくませてもらって　安らぎを見いだす。

わたしが生の敷居をまたいで、はじめてこの世に生を享けたときには、わたしはなにも知らないよそものであった。しかし朝が来て（世界を正しく認識できるようになって）、名もなく形もない不思議なかたが母の姿となって（タゴールにとって母、すなわちすべての人間は、名もなく形もない無限なる存在の有限世界における表出である）、わたしをその胸に抱きあげてくれたとき、自分がよそものとしてこの世に生まれてきたのではないことを知った。そしていま、ふたたび生の敷居をまたいで死の世界へ行くとき、同じ未知なるかたがそこで自分を待っていてくれることを、わたしは知っている。こうして、自分の生も死も、同じ大いなる母の懐にあることを信じるとき、わたしは生を愛してきたように、死をも愛することができるのだ。生と死は、いわば人間存在の二つの顔である。これがタゴールの死生観の結論である。それにしても、「幼な児は　母に右の乳房から引き離されると、泣き叫ぶが、次の瞬間、左の乳房をふくませてもらって　安らぎを見出す」という詩句は、こうしたタゴールの死生観のいっさいを凝縮した象徴詩人ならではのみごとな比喩である。

【一七】（九六）

わたしが地上を去るとき、別れのことばに　こう言って逝《ゆ》かせてください——「この世でわたしが見てきたもの、それはたぐいなくすばらしいものでした」と。

「光の海に咲きほこる　この蓮華《はな》の秘められた蜜の甘さを　わたしは味わった、こう

してわたしは祝福されたのです」――これを　わたしの別れのことばにさせてくださ
い。
「無数の形から成るこの劇場で、わたしは　自分の役を演じてきました。そしてここ
で、わたしは　形のないあのかたの姿を見たのです。」
「触れることのできないあのかたの御手《み》に触れ、わたしの体も手足も　よろこびにふ
るえました。いまここで、生命が終わるなら　終わらせてください」――これを　わ
たしの別れのことばにさせてください。

§

たしかに、この地上を去るにあたって、この世界で自分が見てきたもの、味
わったものは、あのかたのすばらしいかがやきであり、天上の甘露であったと言
える人、地上の生を自分なりに生ききったと言える人、そしてなによりも、この
有限の世界で、形のないあのかたの姿をかいま見、あのかたの御手に触れるよろ
こびに心ふるわせたと言える人、そういう人は、いつ生命の終焉が来ても本望で
あろう。

【一八】（九九）

わたしが舵《かじ》を手離すときは、あなたが舵を握るときが来たのだと、わたしは知っています。そのとき、なすべきことは　万事　時を移さずなされましょう。いまとなっては、いくらあがいてみても　無益です。

それならば、心よ、おまえの手を離して、黙って　敗北に耐えるがいい。そして、おまえがおかれているところに、静かに坐っていられることを　幸いと思うがいい。

わたしの燈火《ともしび》は　そよとの風にも吹き消され、そのたびごとに　火をつけようとするうちに、他のことは　みんな忘れてしまいます。

けれども、今度だけは、心して　わたしの敷物を床にひろげて、暗闇のなかで待ちましょう。おお、主よ、いつなりと　お好きなときに、黙ってここに降りて来て、あなたの席にお坐りください。

たしかに、現世の旅では、舵を握っていたのはわたしでした。しかし、死の時が来たいまは、いくらあがいてみても無益です、舵を手離して、すべてをあなたにおまかせし、わたしは自らのおかれた死の座で静かにひきさがっていましょう。死を前にした風前の灯のような生命の火を消すまいと、そのことばかりやっきになって心を奪われているうちに、わたしはよき死を迎えることを忘れがちです。いつ主が降りて来てもよろこんでお迎えできるよう、心して準備をし、主のお越しを待っていましょう。これが詩のこころである。今日重大な社会問題になっている、延命だけの医療や、ホスピスのあり方について考えさせられる詩である。

【一九】（一〇〇）

わたしは　形なきものの完全な真珠を探し求めて、形あるものの海の底深くへと潜る。

これからは、この風雨に叩かれた小舟に乗って、港々《みなと》を漕ぎまわるのは　もうやめよう。浪に揺られて遊んだ日は　とうの昔に過ぎ去った。

そしていまは、死んで　不死の世界に入ることを切望している。

底なしの淵のほとりに立つ　単調な絃の音楽が鳴り響く殿堂へ　わたしは　生命の

竪琴をたずさえて行こう。
わたしは　永遠の調べに琴の音《ね》を合わせよう、そしてそれが　すすり泣く名残りの曲を弾き終えたとき、物言わぬあのかたの足もとに　わたしの黙《もだ》せる竪琴を横たえよう。

有限の生の海を小舟で旅していた（この世に生きていた）ときには、詩人は形あるもの、不完全なもののなかに、形なきもの、完全なるものを探し求めてきたが、死を迎えようとしているいまはもう、そのような冒険の必要はない。死ぬことによって、不死の世界に入ることができるからである。ただそのときに、生命の竪琴をたずさえてゆき、単調な絃の音楽が鳴り響くという静寂そのものの音楽堂で、名残りの曲として、永遠の調べに合わせて、生きてきた証《あかし》の感謝の調べを一曲奏《かな》でたあと、あのかたの足もとに竪琴を横たえたい、と詩人は願うのである。それはたぶん、アルバート・シュヴァイツァーの弾くバッハのオルガン曲の最後の一音が鳴りやんだあとの消えてゆく余韻のような、荘厳にして安らかな無言の歌のようであろう。
このようにタゴールは、死を生と同じように肯定したが、けっして洞窟の宗教者たちのように、世俗を蔑み、死後の世界を称揚するような厭世観はいだかなかった。むしろお気づきのように、信仰者としてよき死にあこがれつつ、詩人としてこの世との別離に言いしれぬ寂しさ、悲しさを感じていたことは、詩〔一五〕の「夕べの唄のもの悲しい調べ」、そしてこの詩の「すすり泣く名残りの曲」などの詩句に明らかである。

【二〇】（一〇三）

わが神よ、おんみへのいちずな挨拶として、願わくは、わたしの感覚をことごとくひろげ、おんみの御足《み》のもとで　この世界に触れさせてください。

まだ降りやらぬ夕立の重みに　低く垂れこめた七月の雨雲のように、*願わくは、わたしの心のすべてを　おんみの戸口に　跪《ひざまず》かせてください——おんみへのいちずな挨拶として。

願わくは、わたしのすべての歌の　さまざまな旋律を　一つの流れに集めて、沈黙の海へ流れこませてください——おんみへのいちずな挨拶として。

望郷の思いにかられ　夜を日についで　山間の古巣へと翔《と》びつづける鶴の群のように**、願わくは、わたしの全生涯を　永遠の故郷《ふるさと》へ向かって旅させてください——おんみへのいちずな挨拶として。

こうして、『詩集』の最後の詩は、詩人の神への敬虔な挨拶（祈り）のことばで結ばれる。彼は詩人として、感覚のすべてをもってこの世界を味わいつくしてきたが、いまそんな自分の、身も心も魂も、すべてをおんみにささげさせてください、と祈る。そして、自分のうたったすべての歌の旋律が、一つの流れとなって、沈黙の海（真理の海）へと注ぎこむことができますよう、ヒマラヤの古巣へと翔びつづける鶴の群のように、永遠の魂の本源へと回帰できますように、と祈るのである。

「まだ降りやらぬ夕立の重みに　低く垂れこめた七月の雨雲のように……跪かせてください」は、ベンガル地方に雨季が訪れ、雨をいっぱい含んだ黒い雲が、ほとんど手を伸ばせば触れんばかりに低く空に垂れこめ、一瞬涙をためた目で大地を見おろすときの、あのいかにも黒いヴェールの女が、神の前に跪くときの敬麦な姿を思わせるみごとな比喩である。[*] また「山間の古巣へと翔びつづける鶴の群」という表現も、人間の魂の本源への回帰の象徴として、タゴールが好んで用いた比喩である。[**] ちなみに彼の詩集の一冊は『ボラカ（ベンガル語のボラカは、鷺に似た小型の鶴）』（英語ならびに日本語訳では『渡り翔ぶ白鳥の群』）と題された。

第二部
人生の旅の終わりに

前頁：執筆中のタゴール（1940）

病床にて

【一】（第二歌）

終わりなき生命が
終わりなき死の流れにただよう、
一櫂《ひとかい》一櫂　険《けわ》しい航路を
名もなき海の　あてなき　いずこかの岸辺に
たどり着かんと　たゆまず　小舟は漕ぎ進む、
目には見えない　どんな舵とりが
わが胸の底いに坐し、
果てしなく　命令をくだすのか。
幾百幾千万という人びとが　行き過ぎてゆく――わたしには
このことだけはわかっている。

彼らは急ぎ行きつつ立ちどまり、彼らの商品《しな》を売らんとするが
足をとどめて求める人も　一瞬の後には　はや　その場にはいない。
虚偽《きよぎ》は　つねに　死の大きな口にのみこまれる——
しかもなお　生は虚偽ではない、消え失せつつも　なにかが　とどまり　残る。
刻一刻　おまえに　終焉《しゆうえん》が近づくが
刻一刻　なおも　生まれ　残る。
存在の至高の富が　気孔《あな》だらけの素焼の壺いっぱいにつがれている——
無尽に集められるものが　無尽の漏れ口から　一滴一滴もれてゆく、
この果てしない損失が　蓄積ゆえの怠慢を取り除き、
そこに　力が湧く。
たえず過ぎてゆく　形なき神——彼こそは
大いなる時間《とき》にやどるとともに　どの瞬間にもとどまることはない。
神の性《さが》は　存在と非存在、
顕現《けんげん》と秘匿《ひとく》。
存在の流れのなかで　わたしは神をどのように名づければよいのか——

わが名をしばし　顕わしたあと　わたしはふたたび誰に溶け入ればよいのか。

【二】（第四歌）

数えきれない日々の光を
ある日　おんみはわたしの両の目に
お貸しくださったことを　わたしは知っている。
おお、大いなる王よ、おんみは今日
ふたたび訪ねて来て　返済を求めておいでだ。
わたしは　負い目を支払わなければならないことはわかっている、
それでもなお　なぜに　夕べの燈火に
おんみの小さな影がふりかかるのか？
光もておんみがお創りになったこの世界――
わたしは　そこで　ほんの一時《ひととき》の客人《まろうど》にすぎなかった。
そこここに　もしまだ

なにかの小さな隙間から
わずかな光の粒子《つぶ》が
透《とお》りきらずに　消えなずむなら——
気にはとめずに
そのまま　放置しておいてください、
おんみの戦車が
最後の轍《わだち》を残して去ってゆく　別れの砂煙のたつところ
そこに　わたしの世界を作らせてください、
ほんのわずかな光と
ほんのわずかな陰と
わずかな幻影《マーヤー》を　そのまま残しておいてください。
昏《く》れてゆく光にかげる仄暗い小径で
たぶん　おんみは　なにがしかのものを拾い集めることができましょう——
たわいない片々を、
おんみに支払う負債の　いくばくかの残りのものを。

（一九四〇年十一月三日　ジョラシャンコ［カルカッタのタゴール邸］）

【三】（第五歌）

この広大な宇宙に
苦悶《くもん》の車輪が廻る――
惑星や恒星たちをこなごなにおしつぶしながら。
火の粉が　あたりいちめんに飛び散り、
破滅の悲哀の網をひろげて
存在の苦悩を
物凄い速度で　包みこんでゆく。
病苦の工房か
意識の赫々《かっかく》と燃える中庭か
どこから　投げ槍の飛ぶ音が聞こえてくるのか、
どこから　傷口の血が流れ出るのか。

人の肉体は　脆《もろ》く小さい、それなのに
苦痛に耐える力のなんと限りなく大きいことか！
創造と破壊の接点で──
神の巨大な力に酔いしれた
世界の饗宴の席上で
なんのために　人間は　彼の火酒の杯を捧げるのか──おお　なぜに
この肉体の土の器に　なみなみと
紅《くれない》の熱い涙の血潮が　たぎるのか。
人間の不屈の意識が
一瞬一瞬　肉体に無限の価値を与える、
犠牲の火中に投じる肉体の苦痛
それこそは　祭壇に献《ささ》げる人間の生贄《いけにえ》──
天体の難行《なんぎょう》のいずこに
これに匹敵できる犠牲があるだろうか。
これほどの不屈の力の富が

これほどの怖れなき忍耐が
これほどの敢然たる死への挑戦があるだろうか。
この勝利の旅は
かがやきわたる名もなきどんな聖地に向かって行くのだろうか――
火の床を　つぎからつぎへと　踏み越え
苦痛のぎりぎりの限界を求めて。
そのような旅路を　ともどもに行く　道すがら
清らかな泉の水が　火の岩をつきぬけて　湧き出《い》でる――
この旅の支えは　無限の愛。

（一九四〇年十一月四日　ジョラシャンコ）

【四】（第七歌）

真夜中
病床の朦朧《もうろう》とした視界に

思いもかけず
寝もやらぬあなたの姿をみとめるとき、
わたしは思う――
天空の無数の星々が
いつまでも
わたしの生命の必要を認めてくれているのではないか、と。
それからまた　あなたがわたしの傍《かたわ》らを離れるとき、
不意に　恐怖の心が目を覚まし、
冷酷な世界の恐るべき無関心に
わたしは気づく。

（一九四〇年十一月十二日　夜半二時　ジョラシャンコ）

【五】（第一一歌）

世界のただなかに　時代から時代へと

仮借なき厳しさが蓄積されてゆく。
人知れず　どこかに　一行でも誤りがあれば
長い年月のあとでさえ　たちまちにして　自らを拭い去る。
礎《いしずえ》は永遠なりと思われてきたものの
真下で　地震が破壊の舞踏に身をわななかす。
幾多の生き物が　群をなし
ありあまる力を身に持して　つぎつぎに
生の舞台に登場した——
その力が　禍《わざわい》のもととなり
巨大な重荷が　しだいに耐えがたく　やがては自滅へとみちびいた。
だれも知らない——
この世界のどこに
刻一刻と
怖るべき厳しさが集められてゆくのかを。
目には見えない過《あやま》ちをふるいわけ

それは　固く結《ゆ》わえた絆の糸を断ち切ってゆく、
ひとつの身振りの過ち、ひとつの火花の過ちでさえ
後に引き返す道は　永久に　閉ざされている。
恐るべき破壊、これこそは完全者の命ずるところ、
未だ見ぬどんなすばらしい創造物を　最後に出現させるというのか——
頑な土くれがこなごなに砕かれ、障害が取り去られるだろう。
若芽が萌え出で　新しい生命をもたらすだろう。
おお、赦しなき厳しさよ！
創造の法則《のり》にあって　おまえは　至高の力——
平和への道すがら　おまえは足下に
いくたびも　茨を踏みつけ　なぎ倒す。

（一九四〇年十一月十三日　ジョラシャンコ）

【六】（第一三歌）

長い悲しみの夜が
過去の岸辺で
舟旅を終えたなら、
新鮮な驚きのなかで
世界の子供たちに
その新しい朝《あした》――
新しい生命《いのち》の疑問が起こるだろう。
黙《もだ》した知性が　つねに　小ばかにしながら
答えられなかった古い謎に、
子らのたわいない陽気な遊びのなかで
素朴な信仰が
素朴な回答を思いつくだろう――
それは　自らのうちに満足を見出し、
言い争うことなく、
歓びに触れつつ　真理への信頼をたずさえてやって来る。

（一九四〇年十一月十五日　早朝　ジョラシャンコ）

【七】（第一六歌）

疲れた光が
秋の夕影にふりかかる——
無数の星々の平和な静けさが
陶然《とうぜん》とした心の森にひろがる、
一瞬一瞬　息をこらしてひそかな看護の目が見まもる。
暗い洞窟をとおって
不眠の道を
よるべない夜の時間が　ゆっくりと
明けの明星の方へと流れてゆく——
礼拝の香《こう》の薫りをのせた
夜露にぬれた微風に運ばれて。

黄昏《たそがれ》のものうい光、
その悲しげなかがやきが
今朝は　白々と明るむ曙光を浴びて
歓びの姿へと変容する――そのとき
光の皿に　シェフリの花〈1〉の美をのせて
祝福が　静かに向こうからやってくるのを　わたしは見た。

1　シェフリの花／別名シウリまたはシェファリカ。小ぶりの木で、雨季から秋にかけて白い小さな香り高い花をつける。花は夜咲いて明け方には萎んでしまうので、その哀れもさそってか、ベンガル地方では秋の情緒を表わす代表的な花として愛されている。

＊以下の作註にあたり、インドの花木については、T・C・マジュプリア『ネパール・インドの聖なる植物』（西岡直樹訳、八坂書房）、西岡直樹『インド花綴り』（木犀社）を参考にした。

【八】（第一七歌）

眠りから　目覚めたとき

わたしは見た——
コムラレブの籠〈2〉を
足もとに
だれかが　置いていってくれたのを。
空想のなかで
想像《おもい》をめぐらしつつ
つぎつぎに　多くの人のなつかしい名を呼び集めた。
いくら考えても　はっきりとは思いうかばない、
一つの未知者の名をめぐって
多くの名が
いろんなところから　集まってきた。
一つの名に　すべての名が真実味をおび
贈り物に
完全な意味を与えてくれた。
（一九四〇年十一月二十一日 ウドヨン ［シャンティニケタンのタゴール邸、ウットラヨンの別称］）

2　コムラレブの籠／コムラレブは小型のインド産のレモン。

【九】（第一八歌）

世界のさまざまな領域の　さまざまないとなみをとおして　意識がひろがっている
——
そんな多様性のうちに　わたしは
姿麗《うるわ》し人間《ひと》を見る——
あるいは不完全な、あるいは未完成なままの。
四方を献身的な心づかいに囲まれた病室では
いっそう深いしたしさをもって
新たな驚きのうちに　わたしは
あやしくも美しい　その女《ひと》の姿を見る。
全世界の憐れみが
彼女のうちに　完全に　凝縮されている——

その手の感触に、不眠の気づかわしげなまなざしに。

（一九四〇年十一月二十三日　未明　ウドヨン）

【一〇】（第二〇歌）

病苦の夜のぬばたまの闇のなかで
光の玉が　ときどき　見える、
わたしは考える――それが意味するものは何か、と。
道行く旅人が　窓の隙間から
祭りの火を　わずかに垣間見るように、
わたしの心に届く微光《ひかり》が
わたしに告げる――
この厚い覆《おお》いが取り去られるとき
時間と空間を超えた原初の光が
つねに　かがやきわたるだろう、と。

それこそは　永遠の示現《じげん》の大海――
太陽が　そこで　夕べの沐浴をおこない、
星々が　そこから　大きなあぶくのように
湧き出《い》でるところ――
わたしはそこで　夜の終わりに
神の海の聖地へと道を急ぐ巡礼者。

（一九四〇年十一月二十四日　未明　ウドヨン）

【一一】（第二三歌）

恢復への途上
よろこばしい生への招待を
早々に　受けたとき、
世界を見る新しい目が
わたしに贈られた。

朝《あした》の光に浴《ゆあみ》した　あの碧空《あおぞら》が――
古代の苦行者の
瞑想の席が――
永劫《えいごう》の初めの
永遠の最初の瞬間を
わたしに顕わした。そのとき
わたしは悟った――わたしのこの一つの誕生が
つねに新しい誕生の糸でつながれていることを、
七色の太陽の光線《ひかり》のように
目に見える一つの現象が
目には見えない多くの創造の流れを運んでいることを。
（一九四〇年十一月二十五日　夜半三時二十五分　ウドヨン）

【一二】（第二六歌）

わたしは　自分の行為を不滅だとは信じていない。
わたしは知っている——時の海が
間断なき波の打撃で
日々　それらを拭《ぬぐ》い去ってしまうのを。
わたしの信じるもの、それはわたし自身。
朝な夕なに　その器《うつわ》に
この世界の永遠の甘露を注いでは
飲み干した。そして
瞬間瞬間の愛を
その器にたくわえてきた。
悲愁《ひしゅう》の重荷が　それを砕くことはないし、
埃《ほこり》が　その芸術作品を
黒くくすぶらせることもない。
わたしは知っている——世界の舞台を
去って行くとき、

花咲く森が　季節季節に
わたしがこの世界を愛してきたことを証《あかし》するだろうことを。
この愛こそが真理《まこと》、それこそはこの世の生の贈り物。
いよいよ別れを告げて行くときも
この真理は色あせることなく、死をも拒否することだろう。

（一九四〇年十一月二十八日　未明　ウドヨン）

【一三】（第二七歌）

窓を開けよ、
碧空《あおぞら》をさえぎるな、
むせぶような花の香りを　わたしの部屋に入れておくれ、
太陽の最初の光に
わたしの全身を隅々にまでひたらせよ、
わたしは生きている——この讃美の音信《ことづて》を

若葉若葉のささやきにのせて　わたしに聞かせておくれ、
この朝に
彼女のヴェールで　わたしの心をつつませよ――
朝が　緑の若草で　広大な野を覆うように。
わたしが人生で享《う》けた愛――
その物言わぬ言葉《こえ》を
この空に　風に　わたしは聞く、
その聖《きよ》らかな浄めの水で　今日　わたしは沐浴をする。
あの碧《あお》い胸にちりばめられた　宝石の首飾りの美のなかに
すべての生の真理をわたしは見る。

（一九四〇年十一月二十八日　未明　ウドヨン）

【一四】（第三二歌）

来る朝ごとに　歓びの光に触れて

存在の聖なる頌歌《ほめうた》を　わたしは受ける、
その光の流れに　わたしの血の流れがまざる、
静かに　天体の音信《うた》が　わたしの肉体に　心にこだまする。
わたしは　両の掌を合わせてさしだすように
両の目を　日ごと　空に向けて仰ぐ。
あれは　わたしの生誕を最初に喜び迎えてくれた光、
いま　日没の海の岸辺で　わたしの生《いのち》の最後の献《ささ》げ物を
この光の戸口に供えよう。
わたしは心ひそかに思う——わたしの語る言葉は虚しく、まだすべてを語りつくし
　てはいないのだ、と——
わたしの生命の音信《ことづて》は
天空の音信《うた》と　完全な和音を奏でてはいない、
わたしはまだ　自分のことばを見出してはいないのだ、と。

（一九四〇年十二月一日　未明　ウドヨン）

【一五】（第三七歌）

とある日　灰色の黄昏《たそがれ》どきに　ふと　わたしは見た――
死の右の手が　生の首にからみつき、
一本の血管で結ばれているのを――
その瞬間《とき》、わたしには　彼ら二人がはっきりとわかった。
死の花嫁が　婚姻の贈り物を――
花婿からのこの上ない贈り物を受けとって、
右手に持ち　新しい時代へと旅して行くのを　わたしは見た。

（一九四〇年十二月四日　未明　ウドヨン）

【一六】（第三九歌）

おまえの姿が見えないと　病める想像《こころ》に　わたしは思う――
大地が　足下に消えてゆこうと

ひそかに　たくらんでいるのではないか、と。
そんなとき　なにかを摑《つか》もうと　やっきになって
虚空に　両の手をさしのべる。
ふと驚いて　夢から目覚め
わたしは見る——おまえが　うつむきかげんに毛糸を編みながら
わたしの傍らに坐ってくれているのを——
創造の不易の平和《やすらぎ》をたたえながら。

（一九四〇年十二月五日　未明　ウドヨン）

恢復期

【一】

この世界は味わい深く、大地の塵までが美しい――
こんな大いなる讃歌を
わたしは　心に唱えてきた、
これこそは　心みたされたものの生のメッセージ。
日ごと　わたしは　なにがしか真理の贈り物を受けとってきたが
その味わいは色あせることはない。
そのために　黄泉《よみ》の国への別れの岸辺に立って　なお　かの頌歌《ほめうた》がこだまする――
失ったいっさいのものを否定し　永遠の歓喜《よろこび》につつまれて
世を去る前に　これを最後と大地に触れるとき
わたしは言うだろう――おんみの塵の

標識《ティロコ》を額につけて
虚偽の幻影《マーヤー》の背後に　永遠なるものの燿《かがや》きをわたしは垣間見た、と。
真理の至福の美が　この地上の塵にまで現われている、
このことに気づくとき　一粒の塵にまで　わたしは挨拶をおくる。

（一九四一年二月十四日　朝）

【二】

限りなき美の
光に浴した清らかな朝、
無限なもの、形なきものが
さまざまな形の試金石で
歓ばしい形を作りだす、
日ごと
恒《つね》に変わらぬ古い祭壇で

恒に変わらぬ新しい浄めの儀式が行なわれる。
緑の大地と碧《あお》い空〈1〉をつなぎ合わせ
地球の衣が
光と影をないまぜて編まれてゆく。
天空の心臓《むね》の鼓動が
木の葉　木の葉に躍動する。
森から森へと
朝の首から吊りさげられた頸飾り《モニハラ》が　きらめく。
鳥たちのたわいない歌が
生命《いのち》の女神をほめたたえる。
こうしたいっさいのものに、人間の愛の手がふれ
ものみなに永遠の意味を与える——
それは　大地の塵までを美しくし
いたるところに　永遠の人間の玉座をくりひろげる。

（一九四一年一月十二日　正午）

【三】

病室はわびしい。
開け放たれたドアをとおして
斜めに射しこむ影がベッドにふりかかる。
冬の午《ひる》どきの仄《ほの》暖かさのなかを　ものうい時間《とき》が
ゆっくりと流れてゆく――
浮き草によどむ川のように。
ときどき　遠く過ぎ去った日の溜息が
刈りとられた田にひろがる。

わたしは思いうかべる――遠い日のことを――
土手の壊れたポドマ河〈2〉が

1　緑の大地と碧い空／原文は「緑と碧い空をつなぎ」となっている。

仕事をもたぬ中年男の
朝の光と影に
とりとめない空想《おもい》を
泡《あぶく》のようにつぎつぎに浮かべているのを。
大空の端に触れて
漁舟《ふね》が帆をはって漕ぎだすと、
白いはぐれ雲が　空の一隅に浮かんでいる。
光にしぶきをあげる水甕を　腰にかかえた村の乙女らが
ヴェール越しにひそひそ話をしながら行くと
マンゴーの森陰の　虫の音すだく曲がりくねった小径《こみち》で
どこからか郭公《かっこう》が　ときどき寂しい小枝で鳴いている、
田舎暮らしのおずおず羞《はじ》らう物陰で
神秘のヴェールが　わたしの心に震えている。
池のあちこちの岸で　芥子《からし》畠がいっせいに芽吹き
日光の贈り物への大地の返礼に

太陽神の寺院に　花々の献げ物が供えられている。
わたしは平静《やすらか》なまなざしで　朝の孤独なひととき
黙って太陽に讃歌を唱える〈3〉——
その金色《こんじき》にかがやく光を見たとき　原初の人が
地上で　神のほんとうの御像《みすがた》を見たのだ、
しみじみ思う——もし古代ヴェーダの真言《マントラ》の言葉〈3〉を
わたしの喉もとに唱えれば、
わたしの讃歌は　あの壮大な光に融け入るだろう。
言葉はいらない、言葉はいらない——
遠く遥かな彼方に目を向け、
わたしの沈黙を　淡く黄色い真午の空にひろげる。

（一九四一年二月一日　正午）

2　ポドマ（パドマ）河／東ベンガル地方（現バングラデシュ）南部を流れるガンガー（ガンジス河）下流の称。

3　古代インド最高の聖典『リグ・ヴェーダ』の太陽にささげるガーヤトリー讃歌を、タゴールは終生愛誦した。

【四】

遠くで　鐘が鳴る。
天を突く都会《まち》の自己主張の
喧噪《けんそう》が　心から消えていった。
陽光が　マグ月〈4〉の日影に　ゆえもなく　一枚の絵を目に映しだした——
人生の旅路の果てに　ほとんど見えなくなっていた一枚の絵を。

村々を縫いながら　踏みならされた田舎の小径が　遠くの方へと消え
川の堤を越えて行った。
古い菩提樹《オシヨット》の木陰〈5〉に
渡し舟を待つ人びとが坐っている——

買い物の荷を傍らに置いて。
市場のトタン屋根の土間には
糖蜜の壷が行儀よく並び、
臭いにそそられて土地の犬たちが舌なめずりをしている。
蠅が群がる。
道路では　黄麻《ジュート》の荷の重みで
車がひっくりかえっている。
倉庫の前庭では
ひとつずつ袋を引っぱり出して　騒々しく重量を計っている。
軛《くびき》をはずされた雄牛が
道端の緑のへりで　草を食《は》んでいる——
尻尾を団扇《うちわ》に背中をたたきながら。
芥子《からし》が山と積まれ
籐籠のなかで出荷を待っている。
舟が舟着場《ガート》に入ってくると

頭に竹籠をのせた漁師の女房《かみさん》たちが集まってくる――
頭上には　鳶《とび》が舞っている。
商いの舟が何艘も　堤の斜面に並んで繋がれている。
舟子が棕櫚《しゅろ》葺《ぶ》き屋根の上で　網を編みながら日向《ひなた》に坐っている、
水牛の首につかまって　農夫が浮かびながら
向こう岸の水田の方へ泳いでゆく。
近くの森の上に　寺院の尖塔が
朝日にかがやいている。
野原の向こうの見えないあたりを　汽車が行く――
だんだん弱々しく
汽笛の音を大気の胸にたなびかせ、
背後に煙をひろげてゆく――
遠征の勝利の長い旗じるしに。

わたしは思い出す――なにほどのこともないが、遠いむかしのことを、

真夜中であった、
舟がガンガーの岸に繋がれていた。
月光が水面《みなも》にかがやき
じっと身じろぎしない森の縁《へり》を　濃い幻影《かげ》がふちどり、
森の空地では　ランプの焔《ひ》の明かりも見えない。
不意に　わたしは目覚めた。
静まりかえった深夜の空に
若者の歌声がこだまし
引き潮の流れに乗って　細長いボートが矢のように突進していく、と、
たちまち舟は　見えなくなってしまった——
両岸の静かな森が　身震いして目を覚ます、
月の宝冠《かんむり》を着けた静かな夜の神像《イコン》が
言葉もなく　粗末な寝所に　沈黙していた。

ガンガーの西岸の　町のいちばんはずれにわたしの寓居《すまい》はあった、

河洲が　遠くへのびていた――
無窮の空の下で　その広大さを物語るかのように。
牛たちが　刈り入れの終わった玉蜀黍《とうもろこし》畠で　あちこちぶらついていた。
農夫の子が
竹の棒切れを手に　西瓜《すいか》のつるから山羊を追い払っている。
あちらでは　農婦がひとり
小籠を腰に　ホウレンソウを探している。
いつも　遥か遠くの河岸では
背中の曲がった水夫たちが　一列になってロープを引っぱっている。
そのあたりの水は　終日　新鮮で濁ることはない。
ゴロコチャンパの木が〈6〉　近くの林で見捨てられている――
樹下に座をしつらえた古いニムの大木が〈7〉ある、
その高貴な影は　深くて厳《おごそ》かだ、
夜ともなれば　そこは　鷺《さぎ》たちの隠れ処となる。
井戸から汲みあげられた水が

水路を通って　日がな一日　さらさら流れ
燕麦《むぎ》畠に生命《いのち》を吹きこむ。
ボジヤが　石臼で麦をひく——
真鍮の腕輪をつけた手で。
臼の単調な調べが　真午どきを魅了する。

たちまちにして過ぎ去った
この徒歩旅行の風景が
意識の遠い境で、
今日　心にうかぶ。
なにもかも　忘れ去られていた風景が
人生の最後の別れのときに
遠くの鐘の音とともに　心によみがえる。

（一九四一年一月三十一日　午後）

4 マグ月／ベンガル暦第十月で、太陽暦の一月中旬〜二月中旬にあたる。

5　菩提樹《オショット》／「ピッパラ（ヒンディー語ではピーパル）」とも呼ばれるクワ科の大樹で、釈尊がこの木の下で悟りをひらいたことから、聖樹とされている。

6　ゴロコチャンパ／中木で純白の香り高い美しい花を咲かせる。傷つけると、ねばりのある白い乳液を出す。ヴィシュヌ神の乗る聖鳥ガダール（B＝ゴルル）のチャンパの意。

7　ニムの大木／インドセンダン。二月～四月に、白い香りの強い花を咲かせる常緑の高木。この木にはヒンドゥーの神や女神が住むとされ、人びとの信仰を集める。またニムの木陰に坐ると、体に精気がつくといわれ、人びとは好んでこの木の下で憩う。

【五】

森閑とした朝のひととき
孤独な部屋の　開け放たれた窓辺に坐る。
外では　緑の調べにのせて
大地の生命の呼び声が歌となってたちのぼる――
不滅の泉の流れにのって

遥か彼方の碧《あお》い光へと　心はただよう。
誰に向けて　わたしは　この讃歌《ほめうた》を送るのだろうか——
この心の切なるあこがれを。
あこがれは　いっさいの価値を超えたものに　ふたたび価値を与えようと美の音信《ことづて》
　を探し求めるが、
黙して語らない。
それは　ただひとこと言う——わたしは幸福だ、と。やがて韻律《うた》が止むと
しみじみとつぶやく——わたしは祝福されている、と。

（一九四一年一月二十八日）

【六】

遥か彼方の天空の　淡いやわらかな碧さよ。
森が空の下で　高く腕をのばして
自らの緑の献げ物を　黙ってささげている。

マグ月の若々しい太陽が　地上の
いたるところに　透明な光のスカーフをひろげる。
このことを　わたしは書き記したが
心ない画家が　とっくに　それを消し去っていた。

（一九四一年一月二十四日　朝）

【七】

残酷な夜が　寂々《せきせき》とやってくる、
力を亡くした肉体の弛《ゆる》んだ閂《かんぬき》を打ち壊し
心のなかに押し入ってくる、そうして
生命のかがやく英姿を奪いはじめると
闇の攻撃に　心は敗退を認める。
この敗北の恥辱、この困憊《こんぱい》が
極まるとき、突如として　地平線上に

金色の光彩で描かれた昼間の旗じるしが見える——
天空のどこか遠くの中心からかのように
呼ばわる声がする——「嘘だ、嘘だ」と。
朝《あした》の清澄な光に
わたしは　苦悩にうち勝った自らの雄姿を見る——
疲れ果てた肉体の城砦の頂上《うえ》に。

（一九四一年一月二十七日　朝）

【八】

世界の片隅の窓辺に坐り
地平の碧さに　無限なるものの言葉を見る。
影に抱かれて　光がとどく
シリシュ〈8〉の樹から　緑のやさしい友情が運ばれてくる。
心に声がする——遠くはない、それほど遠くはない、と。

道の行く手が　陽の沈む山の頂きに消えてゆく、
黄昏《たそがれ》の宿の戸口で　わたしは黙って立っている、
遠くの方で　ときどき　光がきらめく――
最後の巡礼の尖塔《せんとう》で。
入口では　一日の終わりのラギニ〈9〉が鳴っている、
その響きが　生命のすべての美に混ざる。
人生の長い旅路で触れたものは　すべて
完成への招きであった。
心に声がする――遠くはない、それほど遠くはない、と。

（一九四一年二月三日　夕）

8　シリシュ／豆科の落葉高木。春にネムの花に似た香り高い黄白色の豆状の花をつける。日本では、ビルマネムと呼ばれる。

9　ラギニ／「ラーガの妻」の意で、インド音楽の六つのラーガ（旋律）の補助的な役割をはたす。インド音楽では、朝、昼、夕、夜など、それぞれの時刻にきまったラーガが演じられる。

【九】

広大な宇宙の野っ原で
花火遊びが　空から空へ
太陽と星々をちりばめ
代々永劫《よよえいごう》にくりかえされる。
初めなきもの　目には見えないものから　わたしもまた
小さな火の粉をたずさえて
小さな時間と空間の一隅にやって来た。
今日　いよいよ終幕を迎えたとき、
燈火《ランプ》の炎はうすれ、
劇の幻影《マーヤー》の本性が　影のなかに露《あら》われ、
喜びや悲しみの舞台衣装は
ゆっくりと　この身から解《と》けてゆく。
そのときわたしは見た——時代から時代へと　無数の俳優や女優たちが

色とりどりの衣装を
劇場の戸口に　脱ぎ捨てていったのを。
それから　目を彼方に向けて　わたしは見た――
無数の消え失せた星々の舞台裏に
ノトラジ〈10〉が　独り　静かに立っているのを。

（一九四一年二月三日　午後）

10 ノトラジ（ナタラージャ）／「踊り手の王」の意で、舞踊、演劇の創始者として知られる、ヒンドゥー教三主神の一つシヴァ神の別名。

【一〇】

ものうい時の流れにただよいつつ
心は　遥かな虚空を凝視する。
その広大な空間の道に　つぎつぎに影絵が目に映る。
どれほど久しく　遠い過去から

どれほど多くの人びとが　つぎからつぎへと群をなし
誇らしげな勝利の行進をおこなっていったことか。
虎視眈々　国盗りを狙うパタン人[11]の群が押し寄せ
ムガル人[12]がやって来た、
勝利の戦車の車輪が
砂塵をまきあげ、勝利の旗がはためいた。
わたしは　彼らの来た空間の軌道《みち》を見るが
いまはもう　なにひとつ　跡はない。
いつの代にも　日の出と日没の光が
朝な夕なに　透明な空の碧《あお》さを紅《くれない》に染めてきた。
それから　同じ空間に
鉄の路上を
火を吐く戦車に乗って
強大なイギリス人が
群れをなしてやって来た——

彼らのありあまる精力を撒《ま》きちらしながら。
わたしは知っている——その道に沿って流れる時が　やがて
この帝国を囲む網をも一掃してしまうのを。[13]
わたしはまた知っている——商品を担いでやって来た兵士[14]たちが
天体の軌道に　一筋の跡すら残しはしないだろうことを。

埃《ほこり》っぽい大地の方に目を転じるとき、
そこに　わたしは見る——がやがやざわめきながら
巨大な群衆が
幾多の道を　幾多の群をなして
時代から時代へと　生と死の
人間の変わらぬ日常の必要にうながされて通って行くのを。
彼らは　生涯
櫂《かい》をかき　舵《かじ》をにぎり、
田畠にあっては

種を播き、実った稲を刈りとる。
人びとは　都市《まち》でも田舎《いなか》でも
働きつづける。
王座は崩れ、戦場の太鼓は鳴り止み、
勝利の記念塔は　愚かにも自分自身の意味を忘れる、
血ぬられた武器を手にした　血走った目は
子供向けのお伽噺のなかに顔をかくす。
それでも　人びとは　働きつづける――
遠近《おちこち》の国々で。
オンゴ、ボンゴ、コリンゴ〈15〉の海や川の岸《ガート》という岸で、
パンジャブでも、ボンベイ、グジャラートでも。
ごうごうと地響きをたて　ことことと唄《うた》うがごとくに
昼と夜とをつなぎ合わせ　日々のいとなみが営々とつづく。
喜びと悲しみが　日がな一日
大いなる生《いのち》の讃歌を鳴り響かせる。

幾百という帝国の廃墟の上で
人びとは　働きつづける。

（一九四一年二月十三日　朝）

11 パタン人（パターン人）／アフガニスタン全土、パキスタン北西部に住むアーリヤ系の民族で、イスラーム教を信奉し、勇猛をもって知られ、インドにも進出した。

12 ムガル人／十六世紀から十九世紀半ばまで、インドに強大なイスラーム国家、ムガル帝国を築いた、モンゴルの血をひくトルコ系イスラーム民族。

13 ちなみに、タゴールは祖国インドの独立を信じつつ、ついにその達成（一九四七）を見ずに世を去った。

14 イギリスのインド支配は、十七世紀の東インド会社の経済進出をもって始まった。

15 オンゴ（アンガ）＝インド東部、現ビハール地方の古称。ボンゴ＝ベンガル地方の古称。コリンゴ（カリンガ）＝インド北東部オリッサ海岸地方の古称。

【一一】

ポラシュ〈16〉はファルグン月〈17〉の生命《いのち》の歓喜《よろこび》の表象、

今日　この名誉を失った
貧しいときに、心は見る——
わたしは　友もなく　独り
祝祭の庭の外で
刈り取る物とてない荒涼とした砂岸に立っているのを。
そこでは　この大地のにぎわう生命の庭から
忘れ去られたわたしの日々が　あてもない流れに
ちぎりとられた葉柄のように　浮かんでゆく——
春の終わりに。

それでもなお　あなたは物惜しみせず　贈り物を届けてくれる。
いまは光彩《ひかり》を失ったわたしの生命に　あなたは若さあふれる価値を与えてくれた。
あなたは　目に見えない摂理をうとんじることをよしとはされず、
疲れを取り除き——
わたしの心に伝えてくれる——わたしのもとには　恒《つね》に変わることなく

美の挨拶と　若さからの招きが届けられていることを。

（一九四一年二月十三日　正午）

16 ポラシュ／中木で、幹の下部が曲がるくせがある。淡紅色や黄色の花をたくさん咲かせる。ヒマラヤ山腹から南インドまで、インド全土で見られる。

17 ファルグン月（ファグン月ともいう）／ベンガル暦第十一月で、太陽暦の二月中旬から三月中旬。

【一二】

心の扉が開いていた、不意に　知らぬまに
どこからか　苦痛の一撃がそこに押し入った――
その恥しさで　わたしの心の奥深くに隠されていた
生命の源泉《いずみ》が解き放たれた。
高所《たかみ》から勝利の調べが　たちまち
地平の彼方の道を通って　心に降りてきた、
歓喜《よろこび》に彩《いろど》られた光が

みるみる　黒い雲をつきやぶり　心にひろがった、
小さな［病室の］穴ぐらの屈辱は
消え去り、ひろびろとした世界の座に　自分の居場所を見つけた、
歓びのあまり
わたしの心は　勝利をかみしめる、
儀礼《いのり》の道が
かがやかしく　解脱《ムクテイ》の王国《くに》に　自分の世界を見出したのだ。
苦痛がもたらした疲労は　みんな
影となって　消え失せていった。

（一九四一年二月十四日　正午）

【一三】

愛が　かつて若き日に　わたしのもとにやってきた——
泉のたのしげな吟声《うたごえ》とともに。

見知らぬ山の頂きから
突然　驚きをたずさえて。
ひとたび愛がいたずらっぽく眉をひそめると、
　不動の岩に遮られていた流れが圧倒され、
風がいたたまれず　騒ぎ立ち、
見なれたもののなかに　見なれぬものが波立った――
それは　思いもつかぬ不思議な言葉だった。
どちらを見ても　あたりには　静穏無事が支配していたが、
そのなかに　迸《ほとばし》る革命的な流れが解き放たれたのだ。

今日　その愛は　やさしい慰藉の静けさとともに
無音の深みのなかに秘められている。
いたるところで　愛は
宇宙の大いなる平和《シャンティ》と結合している、
その光は　敬虔な夜の星々のまたたきのなかに

礼拝する森の　花の献げものの美しさのなかにやどっている。

（一九四一年一月三十日　昼下がり）

【一四】

毎日　朝になると　忠実なこの犬が
じっと身動きもせず　わたしの椅子のそばに坐っている——
わたしが頭をなでて
彼を認めてやるまでは。
ちょっと　挨拶してもらうと
犬は　喜びに全身をふるわせる。
物言わぬ動物たちのなかで
この生物《もの》だけは
いっさいの善悪をかぎわけ
完全に人間を見きわめてきた——

喜々としてその人のため　生命を投げ出すことのできる人を、
理窟ぬきで愛を注ぐことのできる人を——
無限の意識《こころ》の世界へと
道を探し求める感性をもって。
物言わぬ心の
生命がけの献身が
自らの貧しさを訴えかけているのを見るとき、
彼の素朴な叡知が　人間の本性のなかに
どんな価値を見出しているのか　わたしには考えもつかない。
言葉なき目の　悲しげで　いじらしい気遣いは
感じていることを　言葉には言い表わすことはできないが、
創造の世界の人間の真《まこと》の存在意義を　わたしに語りかける。

（［ベンガル暦］一三四七年ポウシュ月七日[18]　朝）

18 西洋暦の一九四〇年十二月下旬の日。

【一五】

名声と汚名をくぐりぬけて　人生の黄昏《たそがれ》にたどりつき、
いまわたしは　別れの河岸に坐っている。
わたしは　自分の肉体を信じて疑うことはなかった、
いま年古《ふ》り　肉体は自らを嘲笑い、
そのために　すべてが狂いを来しているのはわかっているが、
わたしの支配力《ちから》は衰えている。
そうした屈辱から　わたしを守ってくれるものたちが
片時も見放すことなく
いま　日暮れの最後の準備に忙しいわたしの傍らに立っている。
名こそ告げぬが、彼らはわたしの心に住んでいる。
彼らはわたしに　人生の幸運《よろこび》の最後の証《あかし》を与えて、
脆《もろ》い肉体の敗北を忘れさせてくれた。
彼らはこのように告白する――

名声や名誉は　偉大な人　能力《ちから》のある人たちにふさわしい、と。
彼らはまた　言明する――
人生の最高の贈り物は　弱き者の幸《さち》なることを。
名声は　人生のいっさいとひきかえに得られる財宝、
いささかの損失も許されない、しかし
この世のいっさいの価値を離れた者に　貧しさゆえに届けられる愛の献げ物には
無限なるものの署名がしるされている。

（一九四一年一月九日　朝）

【一六】

一日一日が過ぎ、わたしは静かに座して
しみじみ思う――生命《いのち》の贈り物は　あとどれほど残っているのだろうか、
貯えと消費の収支決算は、と。
わたしのものぐさで　どれほど多くのものが失われてきたことか、

どれほどわたしは　受けるべきものを受け、
　与えるべきものを与えてきたのだろうか、
最後の旅の路銀に　いかばかりのものが残されているのか。
わたしの近くに来た人、遠くへ去って行った人、
わたしのどんな歌の調べに　彼らとの触れ合いが残されているのだろうか。
うかつにも　わたしは気づかなかった――
去って行った人の足音が　今日　心に虚しく響く、
たぶん　わたしの知らないうちに　だれかがわたしを赦して
去って行ったのだろう――なにも言わずに。
もしわたしが　過ちを犯していたなら　わたしがこの世からいなくなったあとで
あなたは　悲しみのうちに　それを癒《いや》してくれることだろう。
生命《いのち》の衣のたくさんの糸が切れ
いまはもう　それを結びなおす暇《いとま》はない。
生命の果てるいまわのきわにも　なお無限に残されている愛が
わたしの心ない無礼のために傷つくことがあったなら、

願わくは　死の手で癒されますように、と
わたしは　つねづね　それればかりを念じている。

（一九四一年二月十三日　夕）

【一七】

老いた病める肉体から
日に日に　力が失せてゆき、
若さが　疲れ果てた網の目からこぼれ落ちてゆくとき、
あとには　幼い日だけが残る。
活動的な世界の外の　閉じられた部屋で
よるべなき幼児《おさなご》の心は　母を求める。
無一文の生命《いのち》は
金銭では買えない愛情を　貪欲に求める――
そのひと、から贈り物を得ようとして。

【一八】

そのひとの出現は
生まれたばかりの児に
生命の最初の尊厳を与える。
「生きておくれ」――こんなささやかな願いを心にいだく
誰が　世の人の要求をあのかたに伝えることができようか――
願いはただ　生きておくれということだけである。
このことの驚きが　いくたびも
今日　心によみがえる。
生命に祝福された世界の内奥の呼び声とともに
母が来て　立っている――
母はむかしながらに老いてはいるが　いつも新しい着物を身につけている。

（一九四一年一月二十一日　夕）

収穫物が刈りとられると　畠はすっかり空《うつ》ろになる――
見捨てられたニンジンや　売り物にならないホウレンソウを
貧しい家の女たちが　サリーの裾いっぱいにとりに来る、
拾い集めたものだけで　女たちは喜び勇んで帰ってゆく。
今日　わたしにはもはや　耕すことはできないし、耕す土地もない、
不毛の畠のものぐさのなかで　わたしは怠惰《たいだ》な時を過ごす。
大地には　まだいくらか生命の香りは残っているが、種が根づくことはない――
果実をつけることもないのに、土地は　まだ青々している。
わたしのスラボン月[19]は過ぎ去り　雨は降らない――
金色の稲穂のみのる日のオッグラン月[20]はすでに過ぎ去った。
わたしのチョイットロ月[21]は太陽に焼かれ　川は干あがった、
野生の木の実の茂みの下に　影がひろがっているなら、
わたしは知るだろう――わたしの最後の月に
　運命はわたしを裏切らなかったことを、
緑の世界と　わたしはまだ結ばれていることを。

（一九四一年一月十日　朝）

19 スラボン月／ベンガル暦の第四月で、太陽暦の七月中旬から八月中旬にあたる。

20 オッグラン月（オッグロハヨンともいう）／ベンガル暦の第八月で、太陽暦の十一月中旬から十二月中旬にあたる。

21 チョイットロ月（チョイト月ともいう）／ベンガル暦の第十二月で、太陽暦の三月中旬から四月中旬にあたる。

【一九】

ディディモニ〈22〉——
慰《い》藉《しゃ》の鉱脈は尽きることはない。
どんな疲れも　どんな苦痛も
顔にしるしの皺《あと》を残さない。
いかなる恐怖　いかなる憎悪　いかなる仕事の疲労も
奉仕の美しさに　影をおとすことはない。

全《まった》きよろこびが　明るく彼を抱擁し、
安らぎの領国《くに》をつくりだす――
すばやい手さばきで
あたりに安心感がひろがる――
希望《のぞみ》をいだかせる慰めの言葉で
激しい倦怠感を追いやってくれる。
その女《ひと》のたゆまぬ感触を思うと
彼の日は　さながらいろいろな収穫物を得た日のように豊かになる。
その優雅《やさし》さを意味づけるために
この哀れな弱者の存在が必要だったのだ。
讃嘆に言葉を失って　彼女の顔を仰ぎ見る、
病人の肉体のなかに　彼女は永遠の幼児《おさなご》を見ていたのだろうか。

（一九四一年一月二日）

22　ディディモニ／「ディディ」は「姉さん」の意で、愛情をこめた尊称。看護にあたっていた女性への呼びかけ。

【二〇】

ビシュダダ〈23〉――

耐えがたい義務《つとめ》にも　ひるむことのない屈強な体躯《からだ》と　たくましい腕をもち、
彼の精神《こころ》は　知性にかがやき
全身に　油断なさがみなぎっている。
病におかされ　疲れ果てた深夜
浅い眠りのスクリーンに
精力《ちから》の権化のような肉体が
力強い慰撫をたずさえて来る、それは
まばたきしない星々のあいだに
確固たる希望をもって
目覚めている力のように　黙って光彩《ひかり》を放つ――
眠っている夜の宇宙の空で。

彼がわたしに「どこか苦痛《いたみ》はありませんか」とたずねるとき、
わたしは思う――質問は彼の本心ではない、と。
苦痛は偽りの幻想だ。
わたしは　自分の男らしさで　それを自ら乗り越えることができるだろう。
奉仕に内在する力は　弱者の肉体に
強者の尊厳を与えてくれるのだ。

（一九四一年一月九日　午前）

23 ビシュダダ／「ダダ」は「兄さん」の意で、男性への尊称。「ディディ」「ダダ」は名前の前後いずれにも用いる。

【二二】

わたしは　いつも　はぐれ者たちのなかにいる――
ただなんとなく書き　なんとなく読みながら　わたしの日々が無為に過ぎてゆく。
必要なしに時を過ごせる才能のある人を

「いらっしゃい、いらっしゃい」と言いながら、わたしは熱心に席をすすめる。
わたしは仕事人間を恐れる、
彼らは腕に時計を巻いて　厳格に時間をとらえる――
彼らは　つまらぬことに使える余計な時間は持ち合わさない、
わたしたちのような怠惰な者たちは　彼らの前では　恥じ入るばかりだ。
わたしたちは　時間を無駄使いする専門家、
仕事を台なしにするために　いろいろ巧妙にわなをしかける。
わたしのこの肉体は　多忙を嫌い遠ざける――
わたしには　他人の肉体の重荷の肩代わりをする力はない。
わたしは　ショロジョダダの方に目を向ける――
まるでなすべき仕事をもたないかのように　彼はなんでも引き受けてくれる、
彼の時間の宝庫には鍵はかかっていない、
彼の広く寛大な余暇は
わたしのような　無力な者のこんな要求《ねがい》をも満たしてくれる、
惜しみない　疲れを知らぬ支えを与えることができるのだ。

真夜中の揺がぬ光に
不意に　彼の姿が目にうつる——
わたしは思う——この慰藉の舟を漕ぐ使者を送ってくれたのは誰だろう、と。
危機の悪夢は消え去った。
任務《つとめ》をもたぬ人の思いがけない出現は
無慈悲な運命の牢獄で得た　貴重な宝だ。

（一九四一年一月九日　朝）

【二二】

遠い山々の王[24]のネブー園《えん》の
みずみずしい芳香な容器が
このベッドの下に届けられた——
寂しい朝の太陽の友情とともに。
見知らぬ泉の

閃く光にいろどられた
金色の文《ふみ》に
深い森の小径《こみち》の
無言のささやきがまざり
よみがえる心の使者となる。
病で力を奪われた筆の　薄いまばらな言葉を合図に
詩人は彼の祝福を伝える。

24 山々の王／ヒマラヤを指す。

（日付なし）

【一一三】

女よ、おまえは祝福されている、
おまえには　家があり　家事がある。そして
そこに　一つの小さな隙間《すきま》をのこしている。

そこから　外部《そと》にいる弱者の呼び声が聞こえてくる。すると
おまえは看護用具の籠をもってきて、
愛情を注ぐ。
女よ、おまえはいつも
育てはぐくむ力を胸にやどす生命の女神の　招く声を聞いている。
おまえは　創造主の
仕事の重荷を身にひきうけたのだ。
女よ、おまえは
あのかたご自身の協力者だ。
おまえは　恢復への道をきり拓き、
疲れ果てた世界を新しくする、
醜い者たちへの　おまえの忍耐には際限がない。
自らの不能ゆえに　彼らはおまえのやさしさに心ひかれるのだ。
理性なき者、性急な者たちは　しばしば　おまえを侮辱する、そんなとき
おまえは涙をぬぐって　彼らを赦すがいい。

忘恩の戸口で　おまえは　昼も夜も　打擲《しうち》に耐える——
頭《こうべ》をさげて。
生命の女神[25]ですら　ごみのなかに捨てるような
用をなさない無力な者を
おまえは　救いあげて　連れもどし、
彼の屈辱に燃える熱を　おまえのやさしさで冷やしてやる。
神にささげる礼拝の
奉仕のまことを　おまえは不幸な者たちにささげる、
宇宙のはぐくむ力を　おまえは　無言のうちに　自分自身の力にたずさえる——
さもうれしげに。
追放者、敗北者、醜い落伍者たち、
その者たちのために　おまえは　優美な手から甘露を注ぐ。

（一九四一年一月十三日　朝）

25 生命の女神／幸運と美の女神ラクシュミー（吉祥天）のこと。

【二四】

ものうい病床の傍らを　ゆっくりと生の流れがただよう、
浮き草で　なぐさみに　手細工をこしらえる。
なにほどの価値あるものではないが、そこには
生きていることの小さな意味の　なにがしかの証《あかし》はある。

（一九四一年一月二十三日　朝）

【二五】

広大な人間の心のなかで
まだ語られぬことばの束が
ときどき　表現しがたい感情とともに彷徨《さまよ》い出る——
天空の星雲のように。
それが　わたしの心の限界に

不意に　突きあたって　破れると、
形をなして　凝縮し、
わたしの創造の世界の軌道を旋回する。

（一九四〇年十二月五日　朝）

【二六】

あれこれの　ことばを思い出す——
あたかも雨季のあとに〈26〉　秋の雲が大気を彷徨うように。
雲は　仕事の束縛もなく　気まぐれに　空を往来きする——
ときには銀色に染まり　ときには金色《こんじき》に彩られながら。
遠く彼方の空の片隅で　それは奇妙な形をつくる、移り気な心のなかでのように
　くりかえしくりかえし　線を描き変える。
水蒸気の芸術作品は　歓喜《よろこび》をも度外視しているみたいだ——
責任《つとめ》などみじんもない、それは　たわいない遊びにすぎない。

責任といえば　目覚めていること、空中を昇り降りするのが仕事だ。
眠りには責任はない、そのため　脈絡のない夢をむすぶ。
心の夢の特性は　仕事の秩序のもとにおかれており、
休日といえども　自治の座に安閑とあぐらをかくことはできない。
それが去っても　すぐに　つぎつぎ夢に集まる。
飛ぶ鳥のように　夢で巣をつくる。
わたしは　自分自身のなかで　その証拠《こと》を実感している――
宇宙の原初の動機は　夢の気まぐれであることを、
創造の道程《みち》が　それを支配し　永遠なものにする――
その支配力は　恐ろしく強力だ。
芸術の業《わざ》は　恐るべき力を鎖につなぎとめること、
把えがたきものを把えること。

（一九四一年一月二十三日　正午）

26 インドでは、梅雨のあとに夏が来る日本の気候とは逆に、夏のあとに雨季が、ついで秋が来る。

【二七】

わたしが編むことを覚えた言葉の韻律の
捕《と》り網を仕掛けるが
把えがたきものは　意識の用心深い目をするりと避ける——
見えない心の深淵で。
わたしは　そんな彼女を　名前で縛りたいと思うが、彼女は名前を知られるのをよしとはしない。
もし彼女に　なんらかの価値があるとすれば
日ごと　それは顕わされ
手から手へと渡されてゆく。
もし不意になにかのはずみで　彼女の驚異が
誘い出されたとしても、
彼女の居場所は　人間の住む巷にはない、
彼女は　心の岸辺に　しばし散在し、

ひそかにあたためられるが、それでも
表立つのを恥じて
日々　砂中に混ざる。
人間の忙しい市場では　このような退嬰《たいえい》的態度は　無視され　顧みられず　無に帰
される――
長い歳月　時代から時代へと　見知らぬものからの贈り物が　こうして少しずつ残
されてゆく――
文学の言葉の大きな島の
生命かよわぬ珊瑚礁のように。

（一九四一年二月四日　夕）

【二八】

韻律の縁飾りの合間あいまに　きらきら光る玉を縫《ぬ》いこんでいると、
手もちぶさたな怠惰な時間《とき》が　針仕事でみたされる。

なんの意味もないものが　目にまばゆい、
韻が無韻の空白に調和する。
樹々のあいだで
蛍の群が　まばたく——
それは燈火《ランプ》の焔ではない、夜が闇にたわむれ
光の南京玉を編む。
野の潅木に　小さな花たちが目覚める——
それは庭の佳麗な花ではなく、草に映える色彩の粒《つぶ》だ。
それは心に残り、感動を呼び、そしてついには　無数に世界にひろがる——
いや、心に残らずとも、それはまた　ふんだんに　無尽にひろがる。
泉の水は湧き出しては　大地をうるおしながら流れる——
つぎつぎに泡が咲き、つぎの瞬間には　はやはじけて消える。
仕事と遊びが混《まざ》り合う——
こうして重荷が軽くなり、創造の主《かみ》がよろこぶ。

（一九四一年一月二十三日　朝）

【二九】

この人生で　美のやさしい祝福を　わたしは受けた、
人間の愛の器で　かのひとの美酒を　わたしは味わう！
耐えがたい心痛の日に
なにものにも害されず敗れることなき魂を　わたしは知った。
差し迫る死の影を感じた日にも
恐怖の手で　打ちのめされることはなかった。
大いなるひとの感触を　奪い去られることなく、
かのひとの不滅のことばを　わたしは心に集めてきた。
この人生でわたしが享《う》けた生命の主《かみ》の慈《めぐ》み——
その思い出を　わたしは感謝の心をもっていだきつづけた。

（一九四一年一月二十八日　朝）

【三〇】

ゆっくりと　夕べがやってくる、
ひとつ　またひとつ　結び目が時間《とき》の義務《つとめ》の網から
みんな　ほどけてゆく。一日がうやうやしく掬水《みず》をささげ〈27〉
金色《こんじき》の壮大な
西の獅子の門〈28〉を開く――
光と闇の出合うところで。
遠く朝の方に向かって　身をかがめ　黙って挨拶をする。
静かに目を閉じる、時が来たのだ――
深い瞑想のうちに　表面的な自我が
のみこまれてゆく。
星々の平和《やすらぎ》の領土《くに》である無窮の空が
形のない一日の美の存在をおおっている、
そこに真理を得るために

夜の海へと　舟を漕ぎ出す。

（一九四一年二月十六日　正午）

27 うやうやしく掬水《みず》をささげ／両手の平をくぼめて聖水《みず》をすくい、神にささげる礼拝の動作を思い描いたもの。
28 西の獅子の門／獅子の彫像に護られる西方の門の意。

【三二】

一瞬一瞬　わたしは思う――あるいは旅立ちの時が来たのではないか、と。
別れの日の上に
つつましい残照の覆いをひろげよ。
出立の時を
安らかに　静かならしめよ、追憶の集いの華やかさゆえに
悲しみの、陶酔にひたってはならぬ。
門出の戸口に並ぶ森の樹々が
無言の木の葉の茂みのなかで　大地の平和の讃歌《マントラ》を唱えてくれるように。

夜の静寂《しじま》の祝福が　ゆっくり　あたりにふりかかるよう――
七つの星々〈29〉の光の献げ物とともに。

（日付なし）

29 七つの星々／大熊座の七星。プラーナ伝説の七大賢人を指す。

【三二】

光の裏《うち》深くに感じる歓び《アナンド》の感触と
わたしの自我《アートマン》のあいだに　なんの相違もないことを　わたしは知っている――
初原の光の泉からほとばしる
意識の聖なる流れで
わたしは浄めの儀式を受け、
額に勝利の印《しるし》をいただいて、
自分が　永遠の生命をもつものであることを知らされた――
多様な世界で

至福の道への入口をくぐりえて
わたしは　至高の自我と一つになることができるのを。

【三三】

この自我の殻を　やすやすと脱がせてください——
意識の耀《かがや》く光に
濃霧をつきやぶって
真理の永遠のすがたを顕示させてください。
人みなのただなかにあって
永遠なる一者の歓喜の光明《ひかり》を
わたしの心にともしてください。
この世の騒乱を超えた静かな天国《くに》で
永遠の平和のかたちを見させてください。
なんの意味をももたない人生の煩雑さ、

社会の人為的な価値に乗じる虚偽──
そうしたことで　心貧しく騒々しい世俗の人びととは訣別して
この生命《いのち》のほんとうの意味を　澄んだまなざしで悟らせてください──
この世の境界《さかい》を越えてゆくまえに。

（〔ベンガル暦〕一三四七年マグ月十一日〈30〉　夕）

30　西洋暦一九四一年一月下旬の日。

最後のうた

【一】

行く手には　平和の海、
舟出せよ、おお　舵《かじ》とる人よ。
おんみは　わが永遠《とわ》の道づれ、
連れたまえ、連れ行きたまえ、おお、おんみの膝に抱いて――
無限への道に　北極星《ドウルボタル》〈1〉の――
標《しるべ》の光が　かがやくだろう。

自由の賦与者よ、おんみの赦《ゆる》し、おんみの憐憫《あわれみ》こそ
尽きせぬ旅路の　尽きせぬ糧《かて》となるだろう。
願わくは　この世の絆が切れ、

広大な宇宙が　その腕《かいな》にわたしを抱かれんことを、
心に恐怖《おそれ》をいだかず、
大いなる未知者を知らしめたまえ。

（一九三九年十二月三日　午後一時　プノシュチョ［シャンティニケタン］）

1 北極星（polaris ラテン）／天球の北極に近く輝く星で、小熊座の首星を指す。日周運動のためにほとんど位置を変えないので、方位及び緯度の指針となる。黄色の二等星。（広辞苑より）

【二】

死は　ラーフ〈2〉のように
ただ　影をなげかけるだけ、
生命《いのち》の聖《とうと》い甘露までは
その無感覚な口に　呑みこむことはできない——
このことを　たしかにわたしは知っている。

愛の永遠の価値を
完全に騙《だま》し取る
そのような掠奪者《りゃくだつしゃ》が
世界の洞窟の奥深くにひそんではいない――
このことを　たしかにわたしは知っている。

この上もない真理と受けとめていたものが
この上もない虚偽《きょぎ》を　そのうちに秘めた見せかけであったという
存在のこの日常の汚点《おてん》が
世界の法《のり》とともに存続するものではない――
このことを　たしかにわたしは知っている。

ものみなは　小止《おや》みない変化のうちに　迅速《じんそく》に移ろいゆく
これこそ　時の法則。
死は　どこまでも不変のものとして現われる、

それゆえに　この世界にあって　死は真実とはいいがたい――
このことを　たしかにわたしは知っている。

世界が存在するのを知っていると言う者、
これこそ　彼の自我
存在の目撃者、そしてこの
彼の真理こそが　最高の自我の真理――
このことを　たしかにわたしは知っている。

（一九四〇年五月七日）

2 ラーフ／太古、神々が不死となる甘露を飲んでいる間に、ラーフという悪魔が神に変装して甘露を飲み始めた。しかし、その甘露がラーフの喉まで達したとき、太陽と月がそれと気づいて神々に告げた。ヴィシュヌ神はこの悪魔の巨大な頭を円盤で切り落とした。このことがあって以来、ラーフの頭だけが不死となり、太陽と月とを恨み、今日にいたるまで日蝕と月蝕をひき起こすのである。

【三】

おお　鳥よ、
ときとして　なぜにおまえは歌を忘れるのか、
なぜに呼びつづけようとはしないのか――
音信《うた》のない夜明けは　虚《むな》しいことを
おまえは　知らないのか。

東雲《しののめ》の光の最初の指先が
樹々に触れる、
樹がざわめき揺れるとき、おまえの歌は
木の葉　木の葉に　目覚める――
おまえは　朝《あした》の光の友であることを
おまえは　知らないのか。

目覚めの女神《ロッキイ》〈3〉が
わたしの枕辺で
裳裾《もすそ》を広げて待っているのを
おまえは　知らないのか。

歌の贈り物を　彼女から
奪ってはならない。
悲しい夜の夢ふところに
おまえの朝の歌が
新しい生命《いのち》の讃歌をうたって聞かせるのを
おまえは　知らないのか。

（一九四一年二月十七日　夕　ウドヨン〔シャンティニケタン〕）

3 女神／ラクシュミー。ヴィシュヌ神の妃。幸運、繁栄の女神として崇拝されている。

【四】

灼熱《しゃくねつ》の太陽が　寂寥《せきりょう》とした真午どきに〈4〉
赫々《かっかく》と燃える。
わたしは　人気のない椅子の方を見やる、〈5〉
そこには　慰籍《やすらぎ》はない。
こみあげる胸に
嘆きの言葉《こえ》が　せつせつとこだまする。
空《くう》のことばは　憐れみにみち
その秘かな意味はとらえがたい。
主なき犬の物ほしげな悲しい目のように
途方にくれた心の痛みが悶々《もんもん》と嘆く、
何があったのか、なぜなのか、杳《よう》としてわからない――
昼も夜も　虚《うつ》ろな目は　あたりを探し求める。
椅子の言葉《こえ》は　いよいよ　うちひしがれて悲しい、

空《くう》の物言わぬ苦悶が　愛するもののいない部屋にひろがる。

（一九四一年三月二十六日　夕　ウドヨン）

4　寂寥とした真午どき／インドの真夏の午後は、目もくらむような太陽の光と暑さのため、人びとはひっそりと家にこもり、外は人通りも少なく、寂寥として淋しい。

5　人気のない椅子／一九二四年に南米ペルーへの旅の途中、詩人は病いを得て、アルゼンチンの閨秀作家オカンポ夫人の別宅で静養した。その時、詩人が好んで坐った椅子を、夫人は、詩人の帰国にあたって、思い出に贈った。その後、この椅子は、オカンポ夫人への詩人の愛用の席となった。

【五】

できることなら　いまいちど
あの席を探し出そう――
その腕に　異国の愛《やさ》しい音信《ことば》の
ぬくもりがひろがる席を。

遠い昔日の過ぎ去った夢たちが
ふたたび　そこに集まるだろう、
かそけきつぶやきが
ふたたび　巣を編むだろう。

楽しい思い出をつぎつぎに呼び出せば
日覚めは　甘美なものとなるだろう、そのとき
音もなく静まりかえっていた横笛が
我にかえって旋律《うた》をとりもどすだろう。

窓辺に　手をさしのべて
香《かぐ》わしい春の小道にあれば、
大いなる沈黙の跫音《あしおと》が
夜の静寂《しじま》に聞こえるだろう。

異国の愛もて
席をひろげてくれた佳《よ》き女《ひと》は
いつまでも　身近にあって
わたしの耳に　囁《ささや》きつづけることだろう。

その女《ひと》の言葉はわたしにはわからなかったが、
その女の目はわたしに語りかけていた――
佳《よ》き女の愛《かな》しい音信《ことづて》を
椅子は　いつまでも　目ざめて語る。

（一九四一年四月六日　午《ひる》に　ウドヨン）

【六】

おお　大いなる人間が、やって来る――
あたりいちめん

地上では　草という草が顫《ふる》える。
天上には　法螺貝《ほらがい》が鳴り響き、
地上には　勝利の太鼓がとどろく――
大いなる生誕の慶《よろこ》びの瞬間《とき》が来たのだ。
今日　暗き夜の要塞《ようさい》の門が
こなごなに　打ち破られた。
日の出の山頂に　新しい生命への希望をいだいて
怖れるな　怖れるなと、呼ばわる声がする。
人間の出現に勝利あれかしと、
広大な空に　勝利の讃歌がこだまする。

（［ベンガル暦］一三四八年ボイシャク月〈6〉一日　ウドヨン）

6　ボイシャク月／ベンガル暦第一月で、太陽暦の四月中旬から五月中旬にあたる。

【七】

生命の聖《とうと》いことを　わたしは知っている、
しかし　その本性は考えおよばない、
未知なる神秘の泉から
湧き出で
目には見えないある道を通って迸《ほとばし》る
流れの跡を辿《たど》ることはできない。
日ごと　昇る太陽は
新しい純潔を生命に与える。
幾千万里の遠くから流れくる
光の聖水《みず》で　わたしは金色の器《うつわ》をみたす。
生命は　昼と夜とに音信《ことば》を与え、
森の花々で　見えないものへの祝祭の準備をし、
静かな黄昏《たそがれ》どきに

燈明皿〈7〉に火をともした。
心は　人生の最初の愛を
生命に献《ささ》げた。
日常のすべての愛が
生命の最初の黄金の鞭《むち》にふれて
目を覚ます。
愛するものをいとおしと思い、
花の蕾《つぼみ》をいとおしと思う――
わたしの愛に　生命の鞭が触れると
愛はいっそう親密なものとなる。
誕生の初めにたずさえた　なにも書かれていない本のページに
日々　つぎつぎに言葉が書きこまれてゆく。こうして
自己の本然の姿をつむぎながら、
夕暮れに　自画像はくっきりと浮かびあがる、
画家は　自分の名を署名して

自らを認識できる。
それから　無造作に　黒いインキで、画家は
その色と線を拭《ぬぐ》い去ってしまう――
わずかばかりの金色の文字が消されることなく、
北極星のそばで　目を見はり、天体の遊びをたのしむ。

（一九四一年四月二十五日　ウドヨン）

7　燈明皿／インドでは、夕方、燈明をつけて神に捧げる習慣があるが、そのための素焼きの皿。

【八】

結婚五年目に――
青春の深々とした息吹きにふれ
秘められた神秘の重みで
心の内に　醸《かも》された果汁が
花の蕾から果実の房へ

茎から樹皮へと
金色にかがやきながらひろがる。
ひそかな甘い香りが　客たちを家にいざなう。
つつましい美《やさ》しさが
旅人の目を恍惚《うっとり》とさせる。
五年にわたって　花咲く春の蔦草《つたくさ》が
愛の契りの金杯に　甘露をなみなみと注いできた。
蜜あつめに忙しく
黒ミツバチたちはさわがしい。
静かな歓びに誘われて
招かれざる客も　飛び入り客も〈8〉　集まってくる。
新婚一年目には、
遠近《おちこち》いたるところから
笛がシャハナイ〈9〉を奏で
陽気な笑いが　こだました――

今日　明るいやさしい微笑が　夜明けの顔に
無言のうちにもユーモアをたたえて　浮かんでいる。
笛は　深々とした音色でカナライ[10]を奏で
七つの星たち[11]の瞑想へとさしまねく。
五年間の楽しい夢は　花咲き
この世のなかで　天上の至福を実らせた。
ボショントポンチョムの調べ《ラーガ》[12]が　はじめに鳴りわたり
殷々《いんいん》朗々と響きつつ　今日　歌は成就した――
花咲く森を歩み行く足どりのたびごとに
踝《くるぶし》飾りの鈴の音に　春の調べ《ボショント・ラーガ》がふるえつつうたう。

（一九四一年四月二十五日　朝　ウドヨン）

8 飛び入り客／インドの結婚式では、木の葉の皿に食物を盛って、中庭などで、多くの来客に振舞うが、「招かれざる客も、飛び入り客も」遠慮なくご相伴にあずかった。

9 シャハナイ／インド音楽では、ラーガと呼ばれる旋律形式が数多くあり、それらはそれぞれどのような情緒を持ち、一日のどの時間に演奏されるべきか定められている。シャハナイは夜のラーガで、結婚式のときなどによく演奏される。

10 カナライ／南方のカナラ（カンナダ）地方に発生したインド音楽の様式《ラーガ》。

11 七つの星たち／北斗七星のことで、七人の大聖仙の名がつけられている。

12 ボショントポンチョムの調べ／マグ月（春）五日の女神サラスヴァティーの礼拝の日に奏でる春の音楽の様式《ラーガ》。

【九】

ことばの女神の御像《みすがた》を
思いをこめて
寂しい中庭に　わたしは築く。
その土くれが　ごろごろ
ちらばっている——
未完のまま　黙って
希望《のぞみ》なく
虚空に見入っている。

誇り高い御像《みすがた》の足もとに
頭《こうべ》を垂れて　ひれ伏し、
なぜ自分がそこにいるのか　答えることすらできない。
彼らよりもっと悲しいもの——それは
かつては形をもっていたものが
時の流れのなかで　しだいに
いっさいの意味を失ってゆくことだ。
おまえはどこに召されたのかと、問われても
彼らには答えることはできない——
どんな夢を築くために
埃《ほこり》の負い目をたずさえて
人類の戸口に
彼らはやって来たのか。
忘れられた天国のいずこから
ウルボシ〈13〉の絵姿を

詩人は
大地の心の画布に
写しとろうとしたのか——
その姿を伝えるために
おまえは呼び出され、
後生大事に　美術館に保存されたが
やがて　他のことに心を奪われ　忘れ去られた——
もともとおまえのものであったあの埃が
いとも冷淡に　音なき馬車におまえを乗せて
未知なる方《かた》へとおまえを運ぶ。
それでよいのだ、
この世にひろがる灰色の喝采《かっさい》のなかで
今日　足なえ　見すてられて
日常化した屈辱が
時の歩みの一足ごとに

おまえの旅路を妨げる、
足蹴《あしげ》にされ　踏みにじられて、恥辱《ちじょく》は色あせ
ふたたび　おまえが埃に帰するとき
ついに　終焉の平和が訪れる。

（一九四一年五月三日　朝　ウドヨン）

13 ウルボシ（ウルヴァシー）／天上の若く美しい水の妖精アプサラスの一人。人間に恋を覚えさせることで有名。

【一〇】

こんどのわたしの誕生日に　わたしはいよいよ逝くだろう、
わたしは　身近に友らを求める――
彼らの手のやさしい感触のうちに
世界の究極の愛のうちに
わたしは　人生最上の恵みをたずさえて行こう、
人間の最後の祝福をたずさえて行こう。

今日　わたしの頭陀袋《ふくろ》は空っぽだ――
与えるべきすべてを
わたしは与えつくした。
その返礼に　もしなにがしかのものが――
いくらかの愛と　いくらかの赦《ゆる》しが得られるなら、
わたしは　それらのものをたずさえて行こう――
終焉の無言の祝祭へと
渡し舟を漕ぎ出すときに。

（一九四一年五月六日[14]　朝　ウドヨン）

14 ちなみに、この年の五月七日は、タゴールの最後の誕生日となった。

【一一】

ルポナラン河[15]の岸辺で
わたしは目覚めて

気づいた――この世界が
夢ではないことを。
わたし自身の存在が
血文字で書かれているのを　わたしは見た。
打たれ傷つき
苦しみ悩みつ
ようやく　わたしは自らを知った。
真理は苛酷だ、
その厳しさを　わたしは愛した――
真理は　けっして欺《あざむ》くことがないからだ。
この人生は　死に至るまでの　辛《つら》く苦しい難行《トポシャ》だ、
真理の恐るべき価値を得るためには
死によって　いっさいの負債を支払わなければならない。

（一九四一年五月十三日　午前三時十五分　ウドヨン）

15 ルポナラン河／ベンガル地方を流れる川であるが、目に見える神の顕現としての川。

【一二】

おまえの誕生日の祝儀〈16〉の祭りにあたり
今日　この早朝の中庭は
色とりどりに荘厳《しょうごん》されている。
花々や木の葉に　惜しみなく
新しい生命の施しが贈られている。
自然は　ときどき
自分の宝庫に点検の目を注ぐ、
いま　おまえの目の前で　自然は豊かな宝庫に微笑む機会をもったのだ、
与える者と受ける者とが一つになるという
神慮の永遠の念願《ねがい》が
今日　ここに実現されたのだ。

大自然の詩人は　驚喜して
おまえを祝福する——
彼の詩《うた》の証言者として　おまえは来たのだ——
雨に洗われたスラボン月の
澄みきった空の美しい日に。

（一九四一年七月十三日　朝　ウドヨン）

16 誕生日の祝儀／誕生日に集まった人たちに祝儀の振舞いをするならわし。

【一三】

初めての日の太陽が
新しい存在の出現にあたって
たずねた——
おまえは誰か？
返事はなかった。

年また年は過ぎ去り、
最後の日の太陽が
静かな夕暮れ
西の海の岸辺で　最後の問いをなげかけた――
おまえは誰か？
答えはなかった。

（一九四一年七月二十七日　朝　ジョラシャンコ［カルカッタ］）

【一四】

悲しみの暗い夜が　いくたびも
わたしの戸口にやって来た。
その唯一の武器は――わたしは見た――
苦痛の顰《しか》めっ面、恐怖におののく形相《ぎょうそう》――
暗闇のなかの欺瞞の前奏曲。

わたしが恐怖の仮面を信じるときはいつも
実りなき敗北に遭遇した。
勝利と敗北のこの戯れ、この迷妄こそが人生の幻覚、
子供のころから　一足ごとに　この怖ろしい幻影がからみつき、
苦悩の嘲笑に　つつまれてきた。
さまざまな恐怖の走馬燈——
ひろがる闇に作り出される死の巧妙な芸術品。

（一九四一年七月二十九日　夕　ジョラシャンコ）

【一五】

あなたの創造の径《こみち》を　あなたは
さまざまな蠱惑《こわく》の網で　覆い隠した、
おお、深慮遠謀の人よ。
偽りの信仰の罠《わな》を　巧みな手管《てくだ》で

あなたは素朴なわれらの生命《いのち》に仕掛けた。
そんな詭計《さく》を弄してまで　あなたは　大いなるものを印象づけたのだ――しかし
彼には秘密の夜を残しはしなかった。
あなたの星々が
彼に指し示す道――それは
彼自身の内面への道、
どこまでも透明な明るい道――
彼の純粋な信仰で
つねに皓々《こうこう》とかがやく道。
見かけは曲がりくねってはいても、その道は　内へは真直ぐに通じている――
そこに　彼の誇りがある。
人は　彼を欺かれた者と言う。
真理を　彼は
光に洗われた心の内深に見出しているのだ。
なにものも　彼を欺くことはできない、

この最後の報酬をたずさえて　彼は
自分の宝庫へ運ぶ。
あなたの欺瞞《ぎまん》を　やすやすと　くぐりぬけた者だけが
あなたの手から
平和への不滅の権利を受けとるのだ。

（一九四一年七月三十日　午前九時三十分　ジョラシャンコ）

あとがき――詩集解題にかえて

インドの詩人ラビンドラナート・タゴール（一八六一～一九四一）が、今からおおよそ九十年前に、アジア人として最初にノーベル賞（文学賞）受賞の栄誉にかがやくに至った「運命的」ともいえる経緯《いきさつ》については、すでに拙論「英文詩集『ギタンジャリ』研究序章」（第三文明社『タゴール著作集第十二巻・タゴール研究』所収）や、拙訳『ギタンジャリ』（同社レグルス文庫）に付した解説に、いくらか詳しく述べたので、ここでは詳細をくりかえすのはひかえたい。それにしても興味深いのは、その間、詩人の身辺にたてつづけに起こった一連の出来事を縫いつなぐ運命の糸の不思議である。

タゴールは一九一二年五月末に、一年四カ月余りにわたる長期のイギリス＝アメリカ訪問に旅立った。旅の主要な目的は、以下に述べる肉親との相つぐ別れの悲嘆と、一九〇五年に発表されたイギリス政府のベンガル分割法（ベンガル州を、イスラーム人口の多い東ベンガル＝現バングラデシュと、ヒンドゥー人口の多い西ベンガル州に分割して統治するという、いわゆる分割統治の典型的な政策）に反対して、慣れない政治運動にとびこんだあとの身心の疲労困憊を癒し、加えて、長年苦しんできた痔疾の手術を受けるという、まったく個人的なものであった。ところがこの旅行が、西洋の文壇ではだれひとりその名を知らなかったインドの一地方詩人を、一躍世界の桂冠詩人の列に加えることになったのである。

この旅のもろもろの出来事を、たんなる偶然、ハプニングと見るか、それともなにか大きな意志のはからいと見るかは、人それぞれの世界観の違いにまかせよう。

ただ言えることは、タゴールがもし、今日のようにジェット機を利用して、数時間でイギリスに渡っていたならば、船中のつれづれに続けたという英文詩集『ギタンジャリ』の草稿ノートは完成していなかったろうし、ロンドン到着後まもなく、旧知の画家ローセンスタインに乞われるまま、そのノートを彼に手渡すことはできなかったろう。

そして、詩稿を読んで驚喜した画家が、著名な英詩人ウィリアム・イェイツ（この人もまた、十年後にノーベル文学賞を受賞した）に詩稿をおくり、自らの感動に感想を求めていなかったら、さらにイェイツが名も知らぬアジアの詩人の手書きの作品に、読みながら傍目《はため》をはばからず涙するほど魅了されていなかったら、『ギタンジャリ』はロンドンで上梓され、ただちに西洋の読者の心をとらえることにはならなかったろう。さらに、その百ページたらずの一冊の小詩集に、翌年ノーベル賞が贈られるという世紀の奇跡は起こらなかったろう。

　いずれにせよ、この間の一連の出来事が偶然か必然かは、神のみぞ知る、である。ただひとつ、たしかに言えることは、その年ノーベル賞委員会がくだした英断（その年の候補者には、西洋各国の錚々《そう》たる作家・思想家の名前があげられていた）の、予言的な的確さである。そのことは、その後『ギタンジャリ』が世界の多くの言語に翻訳され、無数の読者に感動を与えつづけてきたことに明らかである。

　ところで、英文詩集『ギタンジャリ』は、しばしば同名のベンガル語詩集の翻訳ととりちがえられているようである。たしかに英文詩集百三篇中、五十三篇はベンガル語の『ギタンジョリ』から選ばれたものではあるが、それらは、原典に忠実な、いわゆる逐語訳的な翻訳ではなく、作者自身原詩のイデーに沿って――作者の言葉をかりるならば――「もういちど他の言語をとおして」、そのときどきの詩心を再体験・再吟味しつつ、自由に再創造を試みたものである。同じ頃のいくつかの詩集から選ばれた他の五十篇についても同様である。したがって、英文詩集『ギタンジャリ』は、独立した詩集とみなさなければならない。

　本書「まえがき」にも触れたように、二十世紀初頭の十年間は、タゴールの生涯でもっとも多事多端な、つらく悲しい歳月であった。

一九〇一年の暮れに、長年心にあたためてきた独自の教育の理想を実現すべく、タゴールはベンガルの人里離れた曠野の一隅の、その名も「シャンティニケタン」（B＝シャンティニケトン、『平和の住まい』の意）と呼ばれていた父の瞑想の地に、師《グル》から弟子へと真知を伝える古代インドの「森の草庵」にならって小さな学園を創立した。最初は教師五名、生徒五名で発足したこの学校は、その後の詩人の惜しみない情熱と献身をもって目ざましい発展をとげ、一世紀を経て今日、インド国立ヴィシュヴァ・バーラティ（B＝ビッショ・バロティ、通称タゴール大学）として、世界的に知られていることは周知のとおりである。

しかし開学当時は、彼の学校事業にたいする世間の目は冷ややかで、「詩人の気まぐれ」と見る向きが多かった。そのためタゴールは、慣れない資金集めや生徒募集に、文字どおり東奔西走しなければならなかった。ところが学園創設一周年を迎えようとしていた翌年十一月に、彼の理想のよき理解者で協力者でもあった妻が夭折した。享年二十九歳の若さで、夫のもとに十四歳を頭《かしら》に四人の子ども（長女は前年嫁いでいた）を遺して逝ったのである。その夜タゴールは、なんぴとをも寄せつけず、一晩じゅうバルコニーを往ったり来たりしていた、と伝記作家は伝えている。

詩人タゴールは、自らの悲嘆や憂愁をそのまま一人称の形で直接的《ストレート》に表現することはなかったし、ましてやそれらを「詩」にぶつけるようなことはしなかった。すなわち彼は、すぐれたタゴール学者N・ライ教授の言うように、「個人的な感傷や感情になにか普遍的な意味がないかぎりは、それを詩にうたうことがなかった」（傍点は筆者）のである。しかし、さすがに亡き妻をしのぶ小詩集『追憶』に収められた二十七篇の詩には、心なしか、愛妻への詩人の想いが切なく、痛ましくこだまする。『ギタンジャリ』〔一〇〕の「絶望のうちにも一縷《いちる》の期待にかられて」は、『追憶』から採《と》られた妻への挽歌の傑作の一つである。

不幸はさらにつづいた。傷心の詩人が失意から立ちなおるまえに、一九〇三年に次女が十二歳で逝き、一九〇五年には、一般から「大聖《マハリシ》」と呼ばれていた偉大な父が八十八歳で他界し、二年後には、年来の悲しみの日々にとどめをさすかのように、十三歳の末子を亡《うしな》ったのである。

わずか数年のうちに――天寿を全うした父のことは諦めがつくとして――タゴールは愛する妻と、二人の育ちざかりの愛児《いとしご》に先立たれたのである。残された三人の子どもたちのうち、一人はアメリカに留学中、二人の娘はすでに他家に嫁いでいた。

つい何年か前まで、四六時中あんなにも明るく華《はな》やいだ子供たちの声が充満していた家のなかから、すっかり人声が消え失せ、深閑として静まりかえった部屋に、詩人は独り座している。いま彼の脳裏に去来するのは、たぶん妻子の愛《いと》しい面影であり、共に過ごした懐しい時間であったろう。

しかしタゴールは、そのために、けっして自らが受けたこの苛酷な試練を恨み、運命（神）を呪うことはなかった。死がこの世の理法であるかぎり、死を拒むことはできないし、死を恨み、死をはかなんでもせんないことである。ここでタゴールは、死という冷厳な現実を「うやうやしく迎え」〔九〕いれることで、死生を超えたより大きな生を見つめる。

詩人はいま、悲しみの深淵《ふち》から、人間の死生そのものに対峙する。そして「死がおまえの戸口を叩く日に……おお、わたしは　なみなみとわたしの生命をたたえた盃を　客人の前にさしだそう」〔一一〕と、あらためて生きることを決意する。なぜなら、死は「生を最後に完成させるもの」〔一二〕であることを知っていたからである。

臨床医としてさまざまな死に立ち合ってこられた豊かな人生体験をもとに、最近の日本の高齢化社会に貴重な提言と助言を続けておられる日野原重明先生は、名著『命をみつめて』（岩波書店）で、数頁にわたってタゴールの死生観について論じておられる。本文四六頁註に引用させていただいた文章をもう一度読んでみよう。

……生を最後に完成させるものが死だというのです。

これは、ハイデッガー（一八八九〜一九七六）などの思想と共通のものです。……死というものを本当に自分でつかもうと努力して、この人（タゴール）はその死から生をみて、真摯に生きられた。私たちが本当に生きるためには、死をもっと見つめなければなりません。死をつかまなければなりません。そして、その視点に立って私たちは若い日も、中年期も、あるいは老年期をも生きなければなりません。そのような視点から生きる生き方を、タゴールから教わりたいのであります。（同書一五二〜三頁）

また先生は、ご高著『道をてらす光』（春秋社）に詩〔一四〕を引用され、「詩の意味については、これを訳された森本達雄氏の（次の）註解以上にすばらしいものはないと思う」と、拙文に深いご理解と共感を示しておられる。（同書一四九〜五二頁）。訳者として無上の喜びであり、励ましである。

詩〔一七〕の「わたしが地上を去るとき、別れのことばに　こう言って逝《ゆ》かせてください――『この世でわたしが見てきたもの、それは類《たぐい》なくすばらしいものでした』」、また〔二〇〕の「わが神よ、おんみへのいちずな挨拶として、願わくは、わたしの感覚をことごとくひろげ、おんみの御足《み》のもとで　この世界に触れさせてください」との祈りは、そのまま真直ぐ、最晩年の詩集の一つ『恢復期』〔一〕の「この世界は味わい深く、大地の塵までが美しい」という、タゴールの人生（死をも含めた）・世界肯定の究極の思想へと直結している。

日野原先生はまた別のご著書で、タゴールのこの世界への告別歌ともいえる『最後のうた』〔一〇〕について、次のような傾聴すべき感想を述べておられる――

タゴールの詩に私は自問する。

私たちに、あるいは次の誕生日を待たずに来るかもしれないこの世との別れの時に、私たちのたずさえる袋は、財や名誉でふくらみ、手ひもが切れそうになった袋か、あるいはタゴールのいう、人に多くを与えてしまった頭陀袋、だが友人の愛と赦しとを、つつましやかに入れた頭陀袋なのか。

老いても、死の床にあっても、タゴールのようなつつましやかさで、想いを口述したり、素直な言葉で友に語れる人になりたい。

日野原重明『老いを創《はじ》める』（九六～一〇一頁　朝日新聞社）

本書第二部「人生の旅の終わりに」には、タゴール最晩年の三詩集を収めた。一九四〇年九月から翌年八月七日の死の一週間前までの一年たらずのあいだに書かれ、あるいは口述された作品が、なぜ三つの詩集に分けられたのか、すなわち、それぞれの詩集の特徴は何かについて、つぎに詩集の解題をかねて考えてみたい。

一九三七年九月に、七十六歳のタゴールはシャンティニケタンの自室で突然意識を失い、丸二日間生死の境を彷徨った。幸い危篤状態を脱すると、詩人は病軀をおして、以前にもまして旺盛な創作活動と社会的発言を開始した。それはあたかも、残り少なくなった時間に、残されたすべての仕事を成しとげようとするかのようなすさまじさであった。こうして三年の月日が過ぎ、一九四〇年九月三日に、シャンティニケタン恒例の雨季祭を子どもたちとともに楽しんだあと、詩人はカルカッタの病院で健康チェックを受けると、医師の制止をふりきるように、身心のひとときの休養を求めて、思い出多いヒマラヤ高原の町カリンポンへと旅立った。しかし、この休養の旅が疲れた老骨にはかえって負担であったらしい。

雨季のあとの碧く澄みきった空に世界第三の高峰カンチェンジュンガが銀色にかがやくのを仰ぎながら、詩人は数日間、高原の秋を心ゆくまで楽しんでいた。そんなとき、ふたたび三年前の九月の不吉な日のように、「死の使者が忍び寄って来」て、彼を闇の淵へとひきずりこんだのである。幸い、カルカッタから医師たちがかけつけたときには、病人はほとんど自力で意識をとりもどし、三日後には山を降りて、カルカッタの病院に入ることができた。なんという強靭な生命力であろう！　それは詩人自身「人の肉体は脆《もろ》く小さい、それなのに　苦痛に耐える力のなんと限りなく大きいことか」（『病床にて』〔三〕以下同詩集）と驚くほどであった。

持ち前の生命力と医者たちの献身的な看護の功あって、まもなくタゴールは、ベッドに身を起こし、口をきけるまでになった——ただ声がかすれ、以前のように歌がうたえないのが悲しかった。まだペンをとってものを書くわけにはいかなかったが、「言葉と韻律が頭のなかで鳴りやまず」、詩人はそれをつぎつぎに口述していった。こうして生まれた詩を集めたのが、その年の暮に出た『病床にて』である。どんな肉体の苦痛も彼の創造へのひたすらな情熱を遮ることはできなかった。

それらの詩はいわば、「病床の朦朧とした」光のなかで書かれた「人間の感動的な記録《ドキュメント》」（S・バッタチャルジョ）である。タゴールの最晩年の作品では、かつての詩の二人称・三人称の主語にかわって、一人称の「わたし《アミ》」が目立って多くなるが、それはけっして、作者の自我が前面におし出された思いあがりなどではない。それは「病」というまがいなき個人的体験をとおして、すなわち、個の嘗《な》めた肉体の手ごたえをとおして、より身近に生を普遍化せんとする切実な願いの表われであった。「彼はいま、以前にもまして、いよいよ神の近くにいる、と同時に、いよいよ人間の近くにいる」と、著名なタゴール学者N・ライは言う。なぜなら彼は、肉体の苦痛をとおして「一瞬一瞬、肉体（生）の無限の価値」〔三〕を見出していたからである。

　死をいっそう身近に深く感じながらも、「生の詩人」は生の最後の一滴まで飲み干そうとするかのように身近のささやかな愛をいとおしむ。昼となく夜となく病人の枕辺に付き添う人たちの愛情に、詩人は自分を支えている「天空の無数の星々」の恩寵を感じ〔四〕、また「おまえの姿が見えなく」なると、「大地が足下に消えていく」のではないかと、「やっきになって虚空に両の手をさしのべる」〔一六〕。そしてだれかが置いていってくれた小さなレモンの籠を見て「一つの未知者の名をめぐって」多くの人々の名を思いうかべる〔八〕のである。

　十一月のなかばに、「恢復への途上、よろこばしい生への招待」〔一一〕をうけて、詩人はようやく、「ひろびろとした空間や碧空や樹々の眺めのなつかしい」シャンティニケタンへ帰ることができた。そしてそこで、「窓を開けよ、碧空をさえぎるな」と、生命の歓喜にみちた〔一三〕を書いたのである。

「世界を家郷とし」ながら、地上でいちばん愛したシャンティニケタンに帰ったタゴールは、日一日と痛みもやわらぎ――午前中から午後にかけては苦痛を忘れたが、夕方からは熱が再発し、ついに病が癒えることはなかった――気力も充実して、ひとときの『恢復期』をたのしむことができた。

　彼はひきつづき、毎日のように、早朝の体調のよい時間に詩を口述した。『恢復期』〔五〕（以下同詩集）などは、いかにもそんな爽快な気分がみなぎっている。こうして『恢復期』に収められた詩はすべて、シャンティニケタンのタゴール邸ウドヨン（ウットラヨン）で書かれた。

『病床にて』と、わずか二カ月後に出た『恢復期』は、ある意味では、一冊の詩集の二つの章のようでありながら、そこには明らかに、病床にあるものと恢復期にあるものの心の苦悩や肉体の痛みの相違がうかがえる。

　たとえば、有名な〔一〇〕は、とうてい病床では書きえない気力のこもった作である。「ものうい時の流れ」に詩人は走馬灯のようにつぎつぎに征服者たちが登場しては消えてゆく民族の歴史の広大な眺望《パノラマ》を見る。しかし、勝ち誇った帝国のどれもが跡形もなく姿を消し、あとには「櫂をかき　舵をにぎり」、田畠にあって種を播く貧しく勤勉な庶民だけが「幾百万という帝国の廃虚の上で働きつづける」のだと、詩人は言う。

これこそは、タゴールの名もなき庶民への「人間讃歌」である。そして彼は「黄泉《よみ》の国への別れの岸辺に立って」なお、「この世は味わい深く、大地の塵までが美しい」〔一〕とうたったのである。まさにタゴールは、大地は麗し、空は麗し、大地の塵も麗し、と嘆じた古代『ウパニシャッド』の賢者たちの後裔《こうえい》である。

人はだれしも老境に入ると、幼き日、若き日を懐しみ、望郷の念にかられるものである。タゴールもまた、いま病床にあって、過ぎ来し方、想い出の地（タゴールは大都市カルカッタに生まれたが、彼の心の故郷は東ベンガルの鄙《ひな》びた農村であった）を静かに、あたたかく回想する。といっても詩人は、たんなる個人的な追憶にのみふけるのではない。彼の想いは、遥か遠くインドの歴史をさかのぼり、そこに生きた庶民の暮らしへと赴く。

いっぽう、遠くに鳴る鐘の音に、詩人の心はいつしか、懐しいベンガルの農村の一枚の絵を描きだす。おそらくベンガルの村里に住んだ人ならば、自然と人間の親密でユーモラスな、この一幅の心象風景〔四〕に、思わず微笑をもらし、涙ぐむことだろう。ここでも詩人は、身近かな看護人たちの献身的な奉仕にこめられた人の愛に感謝しながら、そこに大いなるものの慈悲の手の感触を感じ取る〔一八・二〇・二三〕。そして、毎朝彼の部屋にやってくる一匹の老犬の目にも、同じ愛を読み取る〔一四〕。

しかし、この『恢復期』は、束の間の小康状態でしかなかった。やがて年が変わり、春が過ぎ、熱風が砂塵を吹きあげる夏がくると、詩人の体力は目に見えて衰えていった。加えて、第二次世界大戦勃発以来の、愛する祖国と人類の運命に寄せる詩人の憂慮は、傍目《はため》にも痛ましいほどであった。

四月十四日のベンガル暦の新年に、タゴールは『文明の危機』と題する人類への最後のメッセージ（第三文明社『タゴール著作集』第八巻所収）を書き、自分の一生は「西洋文明への漸次的な信頼の喪失の物語」であったと告白すると同時に、それでもなお「人間への信仰を失うという痛ましい罪は犯しはしないだろう」と言明した。

たまたまそのころ、暗い時代を生きる同胞に「新しい、真《まこと》の、自由な人間の出現を歓呼して迎えるための」合唱できるような新曲を求められ、作詩作曲したのが『最後のうた』〔六八〕（以下同詩集）である。

『最後のうた』（一九四一）は、一九三九年十二月から、死の直前までに書かれた十五篇の詩を集め、作者の死後まもなく出版されたものである。その何篇かは、詩人自身、病床でペンをとったものであるが、何篇かは口述後に、推稿の筆を加えたものである。（最後の一篇だけは、遂に推稿する暇《いとま》はなかったが……）

「こんどのわたしの誕生日に　わたしはいよいよ逝くだろう」とうたった詩人は、いよいよ旅立ちの日が近いことを予感していた。この世で「与えるべきすべてを 与えつくした」いま、「人の愛と、人の赦し」をたずさえて、小舟に乗って行くのだと、詩人は安らかな心境で死を待つ〔一〇〕。そうして、十六年前にアルゼンチンの閨秀詩人ヴィクトリア・オカンポ夫人から贈られた愛用の「主なき椅子」に、病床からやさしく愛をささやく〔四・五〕。

このように、詩人の心は平和ではあったが、「一日一日を過ごすための苦痛の通行税は上るいっぽうであった」と、そのころ詩人と起居をともにしたクリパラーニは言う。五月、六月の灼熱の太陽は容赦なく「詩人の体内に残されたわずかな力まで搾り出した」。医者たちはついに、患者の体力の限界を理由に、カルカッタの病院で手術を施すことを主張した。「わたしはもう、じゅうぶん生きたではありませんか」と病人は弱々しく抗議したが、聞き入れられなかった。

七月二十五日、なつかしいシャンティニケタンに最後の別れを告げて、タゴールはカルカッタの生家に運ばれた。そして二日後に、創造の神秘をうたった『リグ・ヴェーダ』の真言《マントラ》を思わせる一篇の短詩〔一三〕を口述した。ある評論家は、これをタゴールの数ある作品の最高傑作の一つにかぞえている。

つぎの〔一四・一五〕は、文字どおり「死の床」となった病院のベッドで即詠したものである。ことに〔一五〕は、手術台に運ばれる直前に口述したもので、タゴールの「絶筆」として、また彼の思想の極致を示すものとして注目される。

この詩は、いつものようには推稿の筆が入らなかったという意味では未完成であるが、思想的にはみごとに完成した、いわば「未完の完成作」である。もし筆が入っていたなら、おそらく、もっと緊張度の高い〔一三〕のような表現になっていたものと惜しまれる。

ところで、神が「創造の径を　さまざまな蠱惑《こわく》で　覆い隠した」というのは、どういうことだろうか。神がもしこの世界のすべてを創造したというのなら、この世界の悪や苦痛や悲しみはどうなるのか。もし悪や苦痛は人間が勝手に作ったものだというのなら、人間にそのような自由を与えたのは誰なのか。それがあるいは、人間の「原罪」だというなら、人間に原罪を与えたのは誰なのか。

この問題は、古来インドの思想家たちが問いつづけてきた最大の疑問の一つである。そして彼らは悪や苦痛の存在を幻影《マーヤー》と観じ、永遠の解脱に至ろうと、ある者は現実世界を逃避して極端な苦行主義を唱えた。また、ある思想家たちは自己を悟り、愛を実践することによって、それを脱することができると考えた。

いっぽう、タゴールは詩人として、神と人との関係は楽人と笛との関係のようだと思う。笛は楽人に吹かれることによって、はじめてそこに妙なる音楽が創り出される。同様に神と人は愛し愛されることによって、世界の創造を完成するのだ。たとえば、すぐれた音楽も美術もすべて神と人との愛の表現である。神はこうして、人間に「創造の余地」を残すがゆえに、世界と人間をかならずしも完全なものとしては創らなかった。それが仕掛けた「蠱惑の網」すなわち、「幻影《マーヤー》」である。

タゴールはそれを、神と人との「永遠のかくれんぼう」と呼び、「永遠のあそび《リーラー》」と名づけた。けれども人間は、「幻影」の霧の中に迷い込んで、しばしば道を見失う。そこに悪や苦悩が生まれる。逆にいえば、「幻影」をつきぬけて、一筋に内面への道、愛の道を歩むことが、「解脱《モクシャ》」に至る道である。

タゴールは死を目前にして、自分の八十年の生涯は、さまざまな悲愁や苦痛や憤りや、闘いにみちてはいたが、思えば、それらはすべて、いっそう強烈に「大いなるものを印象づけよう」と、おんみの「弄した詭計《さく》」であり、はからいであったと考える。そのようないっさいの迷霧をつきぬけて、「見かけは曲りくねってはいても、内へは真直ぐに通じる」「つねに皓々とかがやく」「純粋な信仰」の道を歩んできたのだという。

こうして彼は、「おんみ」を道づれとして、行く手の平和の海へと船出〔一〕しようとしたのである。

これらの詩で——未完の〔一五〕はかならずしもそうではないが——用語は限りなく素朴で厳しい。詩人はいっさいの飾りをかなぐりすてて、真理の前に立つ。そのとき真理もまた、いっさいのヴェールを脱いで彼の前に姿を現わすのである。

一九四一年八月七日、午後十二時十分に、タゴールは八十年前に呱々の声をあげたジョラシャンコの同じ家で、静かに息をひきとった。神は、かつて詩人自身『ギタンジャリ』にうたったように、ラビンドラナート・タゴールという一本の葦笛を、野越え山越え持ち運んで、さまざまな音色でさまざまな詩《うた》を吹いたのである。

こうして、彼の八十年の生涯は、それじしん「大いなる一者」に献げた愛と歓喜の讃歌であった。

森本達雄

編訳者紹介
森本達雄（もりもと・たつお）
1928年和歌山市に生まれる。同志社大学神学部卒業。インド国立ヴィシュヴァ・バーラティ大学準教授、名城大学教授を経て、現在名城大学名誉教授。現代インド思想・文学専攻。
著書:『ガンディー』（講談社）、『インド独立史』（中公新書）、『ヒンドゥー教の世界』（NHK出版）ほか。
訳書:『タゴール著作集』（第三文明社）、『インドのうた』（法政大学出版局）、ガンディー『わたしの非暴力』、ネルー『忘れえぬ手紙より』（以上、みすず書房）、K・クリパラーニ『タゴールの生涯』〈上〉〈下〉、『ガンディーの生涯』〈上〉〈下〉、ガンディー『わが非暴力の闘い』『非暴力の精神と対話』（以上、第三文明社）、『ガンディー「知足」の精神』（人間と歴史社）、B・R・ナンダ『ガンディー―インド独立への道』（第三文明社）、ガンディー『獄中からの手紙』（岩波書店）ほか。

タゴール　死生《しせい》の詩《うた》　新版

2011年 7月22日　新版第1刷発行
2002年12月10日　初版第1刷発行

著　者　ラビンドラナート・タゴール
編訳者　森本達雄
発行者　佐々木久夫
発行所　株式会社 人間と歴史社
〒101-0062　東京都千代田区神田駿河台3-7
【電話】　03-5282-7181（代）　【FAX】　03-5282-7180
http://www.ningen-rekishi.co.jp
カバーイラスト　ひがしのようこ
装　丁　株式会社 人間と歴史社 制作室
印刷所　株式会社 シナノ

　ISBN 978-4-89007-182-1 C0098